書下ろし長編時代小説

若殿はつらいよ

妖乱風魔一族篇

鳴海　丈

JN193559

コスミック・時代文庫

この作品はコスミック文庫のために書下ろされました。

目次

第一章　謎の神隠し

一

左肩にかけた湯が、豊かな乳房の谷間を流れ落ちた。

そして、その湯は、黒い草叢《くさむら》に隠された赤みを帯びた亀裂《きれつ》を濡《ぬ》らし、ぱしゃぱしゃと簀《す》の子《こ》に落ちる。

十九歳のお基《もと》は、豪商〈双葉屋《ふたば》〉の一人娘で、その派手な美貌《びぼう》は日本橋界隈《にほんばしかいわい》で有名である。

我《わ》が儘《まま》いっぱいに育った本人も、自分の美しさを十分に意識していた。だから、時折、男たちに意味ありげな視線を送り、その心を掻《か》き乱すことを楽しんでいる。

もっとも、お基にはまだ、男性経験がない。つまり、男知らずの生娘《きむすめ》だ。

貞操堅固《ていそうけんご》だからではない。お基は、自分に相応《ふさわ》しい身分か財産のある男に、出来るだけ高く売りつけるために、処女を大切に守り抜いて来たのであった。

「ふ、ふふ」

お基は、含み笑いをする。

風呂場の外から、若い下男《げなん》の留造《とめぞう》が、自分の裸体を覗《のぞ》き見していることを、知っているのだ。

そして、決して実現することのないお基との交情を妄想《もうそう》しながら、下帯《したおび》の脇から摑《つか》み出した肉根を擦《こす》り立てていることも、知っている。

「………」

湯槽《ゆぶね》の脇に片膝を立ててしゃがんでいるお基は、手桶《ておけ》を簀の子の上に置いた。

そして、両手で乳房を持ち上げるようにして、優しく摑む。

さらに、人差し指で梅色の乳頭を撫《な》でるようにした。

覗かれているのを知った上で、お基は、わざと淫《みだ》らっぽい仕草《しぐさ》を見せているのだった。

湯気抜きの窓の外で、留造が、さらに激しく自分のものを擦り立てる気配がした。荒い息使いまで、聞こえて来る。

（男って本当に馬鹿ね……）

唇の端《はし》に冷たい笑みを湛《たた》えたまま、お基は、さらに大胆なことに、右手を股間《こかん》に滑《すべ》りこませる。

その時、留造の荒い息づかいが、急に途切れた。湯気抜き窓の外が、静かになる。

「――？」

お基は眉《まゆ》をひそめた。

男が快感の頂点に達すると吐精《とせい》することは、春画《しゅんが》や娘同士の猥談《わいだん》を通じて、お基は知識としては知っている。

実際、朝になって風呂場の外で、小水とは別の液体が飛び散った痕跡《こんせき》を見たこともあった。

だが、今――留造が急に静かになったのは、それとは違うような気がする。

「留造――」

お基は探るような口調で、呼びかけた。

留造の返事があったら、「お湯が温《ぬる》いから、焚《た》いておくれ」と言って取り繕《つくろ》うつもりだった。

しかし、窓の外から返事は聞こえない。

お基は手拭《てぬぐ》いで前を隠して、立ち上がった。

外へ通じる引戸の掛け金を外すと、そっと三寸《すん》ほど開いて見る。

そこから見える範囲に、留造の姿はない。

さらに、引戸を開いて、

「留造、いないのかい」

お基は、外へ顔を突き出した。

湯釜の焚き口の前に、留造はいた。風呂場の羽目板《はめいた》に、寄りかかるようにしている。

「何をしているんだい、留造っ」

叱《しか》りつけるようにお基が言った瞬間、留造の軀《からだ》がこちらへ倒れて来た。

地面に横向きに転がった留造は、その喉元《のどもと》をすっぱりと斬《き》り裂《さ》かれている。噴出した血が、着物の前を汚していた。

「ひっ……!?」

お基は、悲鳴を上げようとした。

が、そのお基に、黒い影法師《かげぼうし》が覆《おお》いかぶさる。白く滑《なめ》らかな脾腹《ひばら》に、拳《こぶし》が鋭《するど》く突き入れられた。

「う……」

気を失った全裸のお基は、夜よりも暗い闇《やみ》の底に呑みこまれていく………。

徳川《とくがわ》十一代将軍・家斉《いえなり》の治世――その晩夏の夜のことであった。

二

江戸《えど》の町で、商家の娘が、職人の娘が、そして、武家や浪人の娘が、跡形もなく消えていく事件が続発した。そして、江戸の郊外でも、名主や大百姓の娘が消えたのだ。

いずれも共通点は、若く美しい娘ばかりが狙われる――ということであった。

「大変だ、大変だっ、大変だァっ、江戸八百八町で、美しい娘が次々に〈神隠し〉にあってるんだよっ！」

この怪事件を報じる瓦版《かわらばん》を、江戸市中の辻々《つじつじ》で、売り子たちは声を枯《か》らして、売りまくった。

「悲鳴が聞こえたと思ったら、その姿が煙のように消えてしまうんだっ、今夜も又、どこかで誰かが消えるのか——さあ、詳しいことは、この瓦版に書いてあるよっ」

瓦版は、まさに飛ぶように売れた。

しかし、南北町奉行所が月番を越えて大々的な合同捜査をしているが、娘たちの行方《ゆくえ》は一向にわからない——という件《くだり》を読んだ人々は、互いに不安げに顔を見合わせて、溜息《ためいき》をつくばかりであった……。

「ねえ、竜之介《たつのすけ》様」

男の格好《かっこう》をした若い女が、若竹色の着流し姿の武士に訊《き》いた。

「神隠しって、天狗《てんぐ》様が人間を攫《さら》って山奥に連れてゆくっていうけど……本当かなあ」

「さあて、どうかな」

二十三歳の松平《まつだいら》竜之介は、苦笑して見せた。

神田明神《かんだみようじん》の近くの武家屋敷を、遠州 鳳 藩《えんしゆうおおとり》十八万石《ごく》の元若殿である竜之介と、男装美女のお新《しん》は歩いていた。

晩夏の夜の空気には、まだ、昼間の熱気が残っている。深夜の通りには、二人の他に人影はなかった。

若殿浪人の竜之介は、長身で細面《ほそおもて》の美男子だが、それと同時に、男らしい精悍《せいかん》さも備えている。

幼い頃から泰山流《たいざんりゅう》剣術の厳しい稽古《けいこ》で鍛《きた》えた肉体は、頑丈《がんじょう》で引き締まっていた。

十九歳のお新は、美少年のような容貌《ようぼう》で、男髷《おとこまげ》を結《ゆ》っている。

裾《すそ》の短い半纏《はんてん》に帯を締めて、白い木股《きまた》を穿《は》いていた。餓鬼《がき》大将みたいに、肩に空の天秤《てんびん》棒を引っ掛けている。

お新は、竜之介の妻――正確に言えば、三人妻の一人であった。

十一代将軍家斎の息女・桜《さくら》姫とその侍女《じじょ》の志乃《しの》も、竜之介の妻なのである。

松平竜之介が三人の美女を妻に持つに至ったのには、まさに波瀾万丈《はらんばんじょう》の経緯が
あったわけだが――今は、桜姫と志乃は湯島《ゆしま》天神鰓門坂《えらもんざか》通りの屋敷に、お新は
阿部川《あべかわ》町の一軒家に分かれて住んでいた。

竜之介は、お新の家に同居して、時々、桜姫の屋敷へ通っている。

「これが年齢《とし》をとった狒々《ひひ》ならば、生贄《いけにえ》の乙女を食べてしまうのだろうが……」

竜之介は呑気《のんき》な口調で、言う。

「天狗に攫われたら、人里離れた鳥も通わぬような深山幽谷《しんざんゆうこく》で毎日、剣術の稽古

でもさせられるのではないか」

「ええ〜、そんなのヤだよ」

お新は、顔をしかめた。

男の形《なり》はしていても、その伸び伸びと発達した若い肢体《したい》からは、女悦《にょえつ》の極《きわ》みを識《し》ってしまった者特有の艶《なま》めかしい色香が、爽《さわ》やかに立ち上る。

「オイラ、竜之介様のいない山ん中で暮らすなんて、真《ま》っ平《ぴら》だよ。天狗様に攫われそうになったら、必ず助けてね、竜之介様」

竜之介は、お新の微笑《ほほえ》ましい心配を聞いて、

「わかった、わかった。助けると約束するから、安心いたせ」

大きく頷《うなず》いて見せた。

男装美女は、嬉しそうな表情になって、

「早く上様の隠し子が見つかって、のんびり出来たらいいね」

「そうだなあ」

これまでに様々な悪党の陰謀《いんぼう》を粉砕《ふんさい》して来た松平竜之介は、その明敏さと忠誠心、剣の腕前を買われて、将軍家斎から直々《じきじき》に隠し子捜《さが》しを命じられた。

十九年前——家斎は微行《しのび》で、品川《しながわ》の万松山《まんしょうざん》東海寺《とうかいじ》へ紅葉狩りに出かけた。

その帰途、料理茶屋で休憩をとった時に、家斉は、ふと、若い女中に手をつけてしまったのである。

女中の名はお絹《きぬ》――近在の百姓の娘で、臀《しり》に三つ並んだ黒子《ほくろ》があった。

お絹は家斉の血をひく女児を出産し、その子の臀にも三星の黒子があるというが、母娘のその後の行方がわからない。

年齢は十八、名はおりん、臀の谷間の奥に三星の黒子がある――手がかりは、これだけであった。

つまり、本物のおりんかどうかは、竜之介が、その娘の臀の奥を覗《のぞ》きこんで確かめなければならない。

とんだ役得というか、はたまた苦行《くぎょう》というか――とにかく、松平竜之介は、隠し子捜しの〈大江戸女体《にょたい》改め〉を開始した。

それを妨害《ぼうがい》する勢力と闘《たたか》いながら、甲賀百忍組《こうがひゃくにん》の見習い女忍《くのいち》・花梨《かりん》の手を借りて、竜之介は、次から次へと十八娘の臀の奥を覗きこんだのである。

だが、未《いま》だに本物の〈おりん〉は見つかっていない。

今日も今日とて、小石川《こいしかわ》村の鍛冶《かじ》屋の女中である〈お琳《りん》〉がそうではないか――と確認しに行った竜之介だった。

が、散々《さんざん》に手間をかけて女体改めをした結果――その娘の臀の奥底に三星の黒子はなかったのである。

つまり、女中のお琳は、家斉の隠し子ではなかったわけだ。

年頃の娘に羞《は》ずかしい思いをさせた詫《わ》び料として、紙に包んだ小判一枚を渡すと、竜之介はお新とともに、阿部川町への帰途に着いたのである……。

「江戸の人口は百万以上……それでも、知恵を絞れば何とか上様の隠し子は捜し出せるはず――であったが、どうも、わしの見込みが甘かったかな。上様の隠し子は果たして、何処《いずこ》にいるのやら」

深々と嘆息《たんそく》しながら、屋敷街の十字路に差しかかった竜之介であった。

すると、北の通りから、ほっほっほっという陸尺《ろくしゃく》たちの掛け声とともに、黒漆《くろうるし》塗りの武家駕籠《かご》がやって来た。

駕籠の両側には、二人の羽織袴《はおりはかま》姿の武士が付き添っている。

竜之介もお新も、駕籠の進行の邪魔にならぬように、脇へ退いた。

陸尺も警固の武士も、竜之介たちには目もくれない。

（こんな夜更《よふ》けに、変わった駕籠だな……）

見るともなく、竜之介が駕籠の行方を見ていると、突然、がたっと引戸が外れて落ちた。

同時に、駕籠の中から人間が転がり出て来る。

「あっ」

竜之介とお新は、驚きの声を上げた。

転がり出たのが、全裸の若い娘だったからだ。

後ろ手に縛《しば》られて、猿轡《さつぐつわ》を嚙《か》まされ、両足も縛られている。

肌は象牙《ぞうげ》色で、引っつめにした髪を二筋《ふたすじ》の三つ編みにして、背中に垂《た》らしている。

小柄《こがら》で骨細、手足は長く、乳房は形が良い。乳輪は、桜色をしていた。

恥毛《ちもう》が薄いので、常夜燈《じようやとう》の明かりに照らされて、紅色をした亀裂《きれつ》がはっきりと見える。窄《すぼ》まった背後の門は、飴《あめ》色をしていた。

その容姿からして、おそらく、唐人《とうじん》の娘であろう．

「う…うぅ……」

全裸の唐人娘は藻掻《もが》きながらも、竜之介に目で助けを求めた。

「駕籠の中から、いきなり裸の娘が……一体、何が、どうなってるんだ？」

お新は、何が何だかわからず、啞然《あぜん》としてしまう。

が、この時には、竜之介は、すでに左手で大刀《だいとう》の鞘《さや》を握り、油断なく身構えていた。

「見たなっ」

駕籠の脇にいた武士が、手裏剣《しゅりけん》を打って来た。

中央に穴の開いた、星形の五方《ごほう》手裏剣であった。

竜之介は刀を抜かずに、大刀の柄頭《つかがしら》で、その五方手裏剣を弾《はじ》き飛ばした。そして、全裸の唐人娘の前に出て、彼女をかばう。

「お新、退《さ》がっていろっ」

が、鉄火肌《てっかはだ》のお新は、

「なんでえ、こんな奴ら！　オイラが叩きのめしてやるっ」

天秤棒を、ぶんぶんと風車のように回して、張り切った。

「此奴《こやつ》、我らの邪魔立てをする気か、たわけめっ」

もう一人の武士も、五方手裏剣を打つ。

男装美女の方へ飛ぶその手裏剣を、

「えいっ」

竜之介は抜刀《ばっとう》して、弾き返した。

その手裏剣は、打った武士の左腕に突き刺さる。

「ぐっ」

そいつは、くぐもった呻《うめ》き声を上げた。

「おのれっ」

大刀を右手で逆手《さかて》に抜いて、最初の武士が竜之介に斬《き》りかかった。

さらに、陸尺たちも、息杖《いきづえ》の仕込み刀を逆手で抜いて、襲いかかる。

只《ただ》の武士や陸尺ではないのだ。

一対三だが、竜之介の剣技は冴《さ》えていた。

襲いかかる刃《やいば》を次々に弾いて、唐人娘を守る。

その闘争にあぶれた格好《かっこう》のお新は、

「この悪者《わる》めっ」

手傷を負った武士に、天秤棒で殴りかかった。

それを視界の隅に捕《と》らえた竜之介が、

「やめろ、お新っ」

そう制止した時には、すでに遅かった。

手負いの武士は、その天秤棒を左手でもぎとると、お新の鳩尾《みぞおち》に右の拳《こぶし》を叩きこんだ。

左腕に怪我《けが》をしているのに、大した戦闘力であった。

「う……」

気絶したお新は、その武士の肩に担《かつ》がれてしまう。

「お新っ」

竜之介が、そちらへ駆け寄ろうとした時、もう一人の武士が地面に何かを叩きつけた。

閃光《せんこう》とともに、ぱっと周囲に広がった白煙が、竜之介の視界を閉ざしてしまう。

「むっ」

竜之介は、視界を閉ざされるのとほぼ同時に、その直前に武士のいた場所へ片手突きを繰り出した。

が、切っ先は、虚《むな》しく宙を貫《つらぬ》いただけであった。

白煙が発生した瞬間に、その武士は、位置を変えていたのである。

「ぬう……」

竜之介も位置を変えて、相手の見えない攻撃に備えた。

やがて、白煙が薄れた後に見えたものは、空になった武家駕籠と全裸の唐人娘だけであった。

武士と陸尺に化けていた男たちは、その姿を消している。

そして、最悪なことに、お新の姿もなくなっていた。

「お新………っ！」

松平竜之介は、底なしの穴に突き落とされたような途方もない絶望感に、立ち竦《すく》むのだった。

三

「竜之介様、お助けいただき、ありがとうございました」

唐人娘は、流暢《りゅうちょう》な日本語で礼を述べた。

そこは――阿部川町のお新の家で、その座敷で松平竜之介は娘と向かい合っている。

娘は裸ではない。お新の浴衣《ゆかた》を纏《まと》って、正座していた。裾《すそ》に金魚が描かれた可愛い浴衣である。

竜之介と娘の前には、白湯《さゆ》を入れた湯呑みが置かれていた。

娘を落ち着かせて事情を聞くためにた、竜之介が入れたものであった。

愛する女を謎の敵に攫《さら》われても、取り乱したりせずに平静を保つのが、真のもののふなのである。

平静でなければ、最も重要な時に、判断を誤ってしまう怖れがあるのだ。

大刀《だいとう》が竜之介の左側に置かれているのは、娘と敵対しているからではない。不意の襲撃に備えてのものであった。

「わたくしの名は、趙麗蘭《チャオ・リーラン》。清国《しん》から来た貿易商の娘です」

長崎《ながさき》奉行から特別に手形を発行されて、父親の趙本順《ベンシュン》とともに、商用のために江戸へ出て来た麗蘭であった。日本語が堪能な麗蘭は、通辞《つうじ》代わりに同行したのである。

昨夜──商売相手である本石町《ほんごく》の薬種《やくしゅ》問屋・長崎屋に父娘で泊まったその晩に、麗蘭は男たちに拉致《らち》されたのだという。

気がついた時には、麗蘭は全裸で縛《しば》られ、座敷牢《ざしきろう》に監禁《かんきん》されていた。

「わたくしと同じように、日本の若い娘さんも、逃げられないように裸にして、何人も監禁されていました」

「そうか」竜之介は膝を打った。

「これまで神隠しで消えた娘たちは、実は、あの男たち――忍者どもが攫っていたのだな」

天狗《てんぐ》の仕業《しわざ》ではなく、忍びの術に長《た》けた者たちが、美貌《びぼう》の娘を厳選して、拉致していたのであろう。

「で、監禁されていた場所は、わかるか」

「わかりません」

麗蘭は、かぶりを振った。

「ちらりと垣間《かいま》見た限りでは、緑の多いところでしたが、わたくしは江戸は不案内ですので……」

すまなそうに、麗蘭は言う。

確かに、江戸に初めて来た者には、自分が置かれた場所が深川《ふかがわ》なのか赤坂《あかさか》なのか、はたまた上野《うえの》なのか、見当がつくまい。

「今夜、わたくしだけは、また、駕籠《かご》に乗せられて、どこかへ運ばれるところでした」

その途中――麗蘭は、引戸の窓の隙間《すきま》から松平竜之介の姿を見た瞬間、頼りになる人物だと直感した。

年こそ若いが、長崎で様々な日本人を見てきた麗蘭には、武士と町人とを問わず、気骨《きこつ》のある人間を見分ける目が出来ていた。

自分の直感を信じて、麗蘭は、体当たりで駕籠から転がり出たのである。一《いち》か八《ばち》かの命賭《いのちが》けの行為であった……。

「お新も、そこに運ばれたのだろうか……」

竜之介は腕組みして、深々と考えこむ。

いきなり、麗蘭が両手をついた。

「ごめんなさい。麗蘭が竜之介様に助けを求めたばっかりに、お新様が攫われてしまって……」

詫《わ》びながら、大きな瞳に涙を浮かべる唐人娘であった。

「そなたのせいではない。悪いのは、あの忍者どもだ」

竜之介は、優しく言った。そして、傍《かたわ》らに置いた例の五方手裏剣《ごほうしゆりけん》を取り上げて、

「それにしても、彼奴《きやつ》らは何者であろうか。伊賀《いが》の忍びとも甲賀とも思えぬが」

次の瞬間――庭に面した障子《しょうじ》を、突き破ったものがあった。

矢であった。その矢が、竜之介と麗蘭の間の畳に突き刺さる。

矢柄《やがら》には、文《ふみ》が結びつけられていた。

「きゃっ」

仰《の》けぞった麗蘭は、臀餅《しりもち》をついた格好《かっこう》になる。下着をつけていないので、紅色をした乙女の部分が、ちらりとのぞいた。

「むっ」

竜之介は、さっと大刀をつかんで、障子の際《きわ》へ進んだ。

障子を引き開けるが、庭には誰もいない。

竜之介は、矢の所へ戻って、結びつけられていた文を外《はず》す。それを開いて、目を通した。

「ぬぬ……」

お新を返してほしければ、明日の夜、戌《いぬ》の中刻《ちゆうこく》に、深川の木場《きば》に趙麗蘭を連れてこい――という内容である。末尾には、〈風魔一族《ふうま》〉と書かれていた。

「風魔一族だと……？」

戦国時代――小田原《おだわら》の北条氏《ほうじよう》に仕《つか》えた忍びが、風魔一族である。

騎馬《きば》戦術に優れた二百名の忍者集団で、武田《たけだ》軍を散々に悩ませたという。

その頭領《とうりよう》は、風魔小太郎《こたろう》といった。

彼らは、相模《さがみ》国足柄下郡《あしがらしもごおり》の風間谷の出身なので、〈風魔〉と名乗ったらしい。

風魔小太郎は、身《み》の丈《たけ》が七尺《しやく》二寸《すん》——約二百二十センチ。両の目が縦に裂《さ》けて、四本の牙《きば》があった——と伝えられている。

豊臣秀吉《とよとみひでよし》による小田原攻めで北条氏が滅ぶと、小太郎は無頼《ぶらい》の者どもを集めて、配下千人の大盗賊団《だいとうぞく》を組織した。

そして、徳川家康《いえやす》が開いた江戸の町を、荒らしまわったのである。

商家を襲って、金を奪い、逆《さか》らう者は斬《き》り倒して、手当たり次第に女たちを凌辱《りょうじょく》したという。

しかし、同業者の密告により風魔小太郎は公儀《こうぎ》に捕《とら》われ、磔台《はりつけだい》で処刑された。捕縛《ほばく》の手から逃れた風魔一族も、頭《かしら》を失って散り散りとなり、歴史の表舞台から消えてしまった。

数ヶ月前——松浦《まつうら》竜之介と名乗って小田原に三人妻と隠棲《いんせい》していた松平竜之介は、鳳藩の危機を知らされて、単身、江戸へ向かった。

その途中、刹鬼《さき》という女忍《くのいち》に命を狙われた。

刹鬼は、敵方に雇《やと》われた刺客《しかく》だったが、その正体《しょうたい》は風魔一族の末裔《まつえい》であった。

竜之介の巨大な剛根に貫《つらぬ》かれて女悦《にょえつ》の極《きわ》みを知った刹鬼は、改心した。

そして、彼の味方になって活躍し、鳳藩乗っ取り事件が解決した後は、刹鬼ことお咲《さき》は堅気《かたぎ》になり、今は、越後《えちご》の知り合いの店に奉公《ほうこう》している。

その刹鬼から聞いた話によると、頭領の風魔小太郎が処刑された後の風魔一族は、新しい頭が決まらず、四分五裂《しぶんごれつ》してしまったのだという。

そして、彼らは己《おの》れの忍びの腕前を切り売りして、雇われ間者《かんじゃ》や刺客になったわけだ……。

だが、その風魔一族が、また組織的に活動をしている。

二百年の空白を経《へ》て、互いの居場所もわからぬようになっていた一族を再結集させたということは、頭になっているのは、よほどの切れ者であろう……。

「――風魔一族の狙いは、何なのだろうか」

眉《まゆ》を寄せて、竜之介は考えこんだ。

「竜之介様、わたくし、怖いっ」

怯《おび》えきった麗蘭が、竜之介に抱きつく。

唐人娘の肩を抱くと、どうしても、お新の肌の温《ぬく》もりを思い出してしまう。すると、またも、お新の安否《あんぴ》を気づかって胸が痛む。

弱き者を好き放題に扱う風魔一族に、竜之介は心の底から怒りを感じた。

「卑劣《ひれつ》極まる奴らめ、絶対に許さぬっ」

そう言って、竜之介は虚空《こくう》を睨《にら》むのであった。

四

その十畳《じょう》ほどの広さの板の間《ま》に、気を失ったお新は、横たわっていた。

身につけているものは白い木股《きまた》だけで、小さめの胸乳《むなぢ》は剝《む》き出しにされていた。

乳輪の色が、ほとんど肌と変わらぬほど薄いので、乳頭だけのように見える。

「やはり、男の形《なり》をした女であったか」

お新の胸に巻かれていた晒《さら》しの布を剝《は》ぎ取ったのは、例の駕籠《かご》脇の武士に化けていた風魔一族の下忍《げにん》――那狡《なずる》であった。

「よしっ」

左腕に晒し布を巻いた愚路《ぐろ》が、両眼に欲望を露《あら》わにして、

「この腕の傷のお返しに、この男装女を、腸《はらわた》が裏返しになるまで嬲《なぶ》り尽くしてくれるわ」

この愚路は、もう一人の武士に化けていた下忍である。

「では、わしらも、お裾《すそ》分《わ》けに預《あず》かるか」

「今夜は宴会じゃな。息絶えるまで、女門の責め祭じゃ。ははは」

陸尺《ろくしゃく》に化けていた翅紋《しゃもん》と眞暫《まぎん》が、毒々しく嗤《わら》った。

と、その時——板の間の入口に、長身の影法師《かげぼうし》が立った。

「——待て」

影法師は、板の間に入ってくる。

南蛮《なんばん》風のマントを翻《ひるがえ》したその男は、貴公子といえるほど容貌《ようぼう》の整った若者であった。

しかし、その切れ長の両眼には、冷え冷えとした虚無《きょむ》の光が宿っている。

月代《さかやき》を伸ばして、真ん中から分けた髪を、鎖骨《さこつ》の辺りまで左右に落としていた。

白いシャツにヴェスト、ズボンにブーツという南蛮人や紅毛《こうもう》人のような服装である。背中にはマントを、首からは真紅の襟巻《えりまき》を垂らしていた。

そして、その左肩には、漆黒《しっこく》の羽の嘴太鴉《はしぶとがらす》が止まっている。

「あっ、頭領《とうりょう》」

下忍たちは、あわてて片膝をつく。

この若者——実は、風魔一族の頭領である風魔乱四郎《らんしろう》であった。

乱四郎は、木股姿のお新の顔を凝視して、

「その娘を、私の部屋へ運ぶように」

左肩の鴉が、威嚇《いかく》するように、がァっと鳴いた。

「はっ」

震《ふる》え上がった下忍たちは、頭を下げる。

すぐさま、お新は四人の下忍によって、屋敷の奥にある洋間に運ばれた。

その部屋には、蠟燭《ろうそく》のシャンデリアや天蓋《てんがい》付きの寝台や、玉座《ぎょくざ》がある。

「――――」

寝台に寝かされた半裸のお新を、その端《はし》に腰を下ろした乱四郎は、沈痛な表情で見下ろした。

右手を伸ばして、そっと掌《てのひら》でお新の頬《ほお》に触《ふ》れる。

「ん………」

意識のないまま、お新は顔を背《そむ》けた。掌の感触が、竜之介のものとは違っていたからであろう。

「似ている……鈴奈《すずな》に」

風魔乱四郎は呟《つぶや》いた。虚無の瞳に、何かの感情が揺らめいた。

お新の髪を撫《な》でようとした手を、ふと、乱四郎は引っこめる。

それから、乱四郎は、ゆっくりと立ち上がった。丸い西洋卓の上の葡萄酒《ワイン》の瓶《びん》を取り、ギヤマンのグラスに注《そそ》ぐ。

そして、血のように赤い酒を、一息に飲み干《ほ》した。

「何もかも、もう遅い……」

風魔乱四郎は、窓の外の闇《やみ》に目を向けて言った。

その眼差《まなざ》しは、先ほどまでよりも、さらに深い虚無の翳《かげ》りを帯びている。

「我らの行く手に見えるものは、紅蓮《ぐれん》に燃えさかる炎だけだ……なあ、闇丸《やみまる》」

闇丸と呼ばれた鴉が、乱四郎の言葉に同意するかのように、ぎゃア――っと不気味な声で鳴いた。

第二章　風魔五忍衆《ふうまごにん》

一

翌日の早朝――松平竜之介《まつだいらたつのすけ》は、夜具に仰臥《ぎょうが》して天井を見つめていた。庭からは、雀《ひばり》の元気な声が聞こえる。

彼の傍《かたわ》らには、趙麗蘭《チヤオ・リーラン》の姿がある。竜之介も唐人《とうじん》娘も、全裸であった。

つまり、昨夜、麗蘭は竜之介に純潔を捧《ささ》げたのであった。

男の太い腕にすがりついて、麗蘭は、安心しきって眠っている。

竜之介は、その穏《おだ》やかな寝顔に視線を移して、

(昨夜の乱れ具合が、まるで嘘のように清純な寝顔だな……)

唇の端《はし》に、苦笑を浮かべる。

昨夜――風魔一族の文《ふみ》に怯《おび》えた麗蘭は、竜之介にしがみついてきた。

「風魔一族、怖い、怖いですっ」

泣き叫ぶ唐人娘を落ち着かせるためには、竜之介は、その唇を吸ってやる他はなかった。

そして、舌先を、相手の口の中に差し入れてやる。すると、恐慌《きようこう》状態にある麗蘭は、夢中で舌を絡《から》めて来た。

竜之介は、彼女の乱れた膝前から、右手を滑《すべ》りこませる。練絹《ねりきぬ》のように滑《なめ》らかで細い太腿《ふともも》を撫《な》で上げて、下腹部の処女華に達した。

「ん…んん……」

竜之介が、薄い恥毛《ちもう》に飾られた亀裂《きれつ》を撫で上げると、接吻《せつぷん》で口を塞《ふさ》がれている麗蘭は、くぐもった呻《うめ》きを洩《も》らす。

それは苦痛から発せられたものではなく、男の指がもたらした未知の快感に、耐えかねてのものであった。

すぐに、麗蘭の秘華は、亀裂の奥から分泌《ぶんぴつ》される熱い蜜《みつ》にまみれた。

竜之介は、唐人娘の軀《からだ》を、ゆっくりと畳の上に仰向《あおむ》けに横たえる。

そして、帯を解《ほど》いて、浴衣《ゆかた》の前を開いた。

麗蘭は肌襦袢《はだじゆばん》も下裳《したも》も付けていないから、浴衣の下は素裸である。

だが、羞恥《しゅうち》のために固く目を閉じている彼女は、抗《あらが》ったりしない。竜之介を信頼しきっているのだった。

竜之介は、その信頼に応えるべく、生娘《きむすめ》の神聖な部分に顔を寄せた。

亀裂から顔を覗《のぞ》かせている紅色の花弁《かべん》は、湯葉《ゆば》のように薄く、可愛らしい。

すでに全《すべ》てを捧げる覚悟の麗蘭に、まわりくどい愛撫《あいぶ》は不要であった。

竜之介は、清らかな佇《たたず》まいの処女華に唇で触《ふ》れた。そこから溢《あふ》れる秘蜜を、ちゅっと音を立てて吸う。

「ひいィっ」

あまりにも甘美《かんび》な刺激に、麗蘭は背中を反《そ》らせた。一瞬、丸い臀《しり》が畳から浮く。

が、竜之介は、唐人娘の細くて長い下肢《かし》を押し広げると、さらに顔を密着させた。

男を識《し》らない亀裂を、会陰《えいん》の方から舐《な》め上げる。

「あァ、あんっ……竜之介様っ」

目を閉じたままで、麗蘭は顔を左右に振った。左右の乳頭が、ぴんと勃《た》っている。

「わたくし、頭が、どうにかなりそう……」

「まだ、まだ。羽化登仙《うかとうせん》の法悦郷《ほうえつきょう》は、これからじゃ」

竜之介は、舌先を女門の奥へと侵入させる。そして、内部粘膜を舐めまわしてやった。

泉の如《ごと》く湧き出る愛汁《あいじゅう》を、竜之介は喉《のど》を鳴らして飲みこむ。

そして、軀をずり上げると、麗蘭に覆《おお》いかぶさった。

着物の前を開くと、竜之介は、下帯《したおび》の脇から柔《やわ》らかい肉根を摑《つか》み出す。

そんな状態なのに、普通の男が屹立《きつりつ》した時と同じくらいの容積であった。

数回、扱《しご》くと、男根は猛々《たけだけ》しく聳《そび》え立つ。

長く、硬く、太い。まさに巨根である。

しかも、その黒ずんだ巨根は、天狗面《てんぐめん》の鼻のように反りかえっていた。

それ自体が独立した生きものであるかのように、びくん、びくんっと脈打っている。

男根の先端を紅色の花園に押し当てると、竜之介は腰を進めて、ずぶずぶと異国の乙女の聖地に侵入した。

「………っ！」

破華の苦痛に小さな悲鳴を上げて、麗蘭の軀が弓なりに反りかえった。

だが、その時には、竜之介の猛々しい極太《ごくぶと》の巨根は、その根元までも麗蘭の女壺《にょつぼ》に埋《う》めこまれている。

十八歳の唐人娘の肉襞《にくひだ》の味は素晴らしく、その締めつけはきつすぎるほどであった。

「麗蘭、そなたは女になったのだぞ」

腰の動きを止めた竜之介が、唐人娘の耳に囁《ささや》く。

「竜之介様……わたくし、とても、嬉しいです」

感動の涙で瞳を濡《ぬ》らして、麗蘭は言った。

「怖れる事はない。わしが必ず、そなたを守ってやる」

「はい……」

麗蘭は目を閉じて、くちづけを求めた。睫毛《まつげ》が黒く長い。

竜之介は、その薄い唇を吸ってやった。すると、麗蘭の方から、舌先を男の口腔《こうこう》に差し入れてくる。

しばらくの間、竜之介は舌の交歓《こうかん》を続けてから、自分の帯を解いた。結合したままで着物を脱ぎ、下帯を外《はず》して、裸になる。

それから、緩《ゆる》やかに腰を動かし始めた。狭小《きょうしょう》な肉洞を、圧倒的な質量の肉根が行き来する。

「うっ、はァ……んっ、おおっ……」

口を外した麗蘭は、途切れ途切れの甘い喘《あえ》ぎ声を洩らした。破華の苦痛は、薄らいでいるようであった。

麗蘭は、男の首に嫋《たお》やかな諸腕を巻きつけて、すらりと長い足を逞《たくま》しい腰に絡める。

それによって、竜之介の巨根と麗蘭の花園の密着度は、さらに高まった。

竜之介が腰を律動《りつどう》させると、二人の結合部から、ぬちゃりっ、ずぷっ、ぬちゃりっ……という濡れた粘膜の擦《こす》れ合う淫《みだ》らな音がした。

唐人娘の肉襞を味わいながら、竜之介は、次第に腰の動きを速めて行った。不規則に捻《ひね》り業《わざ》も混ぜて、逞《たくま》しく抽送《ちゆうそう》する。

ずぷっ、ずぽっ、ずぷっ、ずぽっ……卑《ひ》猥《わい》な摩《ま》擦《さつ》音は、さらに大きくなった。粘膜と粘膜で捏《こ》ねくりまわされた十八歳の愛液が、白い泡となって結合部から飛び散る。

やがて、麗蘭は、生まれて初めて悦楽《えつらく》の絶頂に駆け上った。それに合わせて、竜之介は吐《と》精《せい》した。

締まりの良い肉壺の奥に、夥《おびただ》しく放つ。

白い溶岩流が、唐人娘の奥の院に勢いよく激突した。逆流したそれが結合部から溢れて、畳に滴《したた》り落ちる。

竜之介は、麗蘭の女壺の痙攣《けいれん》を十分に味わってから、桜紙《さくらがみ》の箱を引き寄せて、男根を抜いた。

自分だけではなく、失神している相手の後始末もする。畳も、ぬぐった。

その間に、麗蘭は意識を取り戻した。羞《はず》かしそうに微笑《ほほえ》むと、

「竜之介様……好きっ」

胡座《あぐら》をかいた竜之介の厚い胸に、飛びこんでくる。

そして、半萎《はんな》え状態の男根を目にすると、

「あの……今度は、わたくしが……」

麗蘭は、男の股間《こかん》に顔を伏《ふ》せた。

青草を磨《す》り潰《つぶ》したようなにおいの残る肉根を、そっと咥《くわ》える。初めての吸茎《フェラチオ》であろう。

まだ、破華を終えたばかりの十八娘の舌使いは、稚拙《ちせつ》であった。

しかし、本物の愛情と真心のこもった口唇奉仕《こうしんほうし》なのである。

竜之介のそれは、たちまち元の偉容を取り戻した。唐人娘の唾液《だえき》で濡れて、黒光りしている。

「巨《おお》きい……もう、わたくしの口には入りません……」

その茎部《けいぶ》に頬《ほお》ずりをしながら、麗蘭は言う。

「よし、では――」竜之介は命じた。

「わしの膝を跨《また》いで、腰を下ろすが良い」

「は、はい……」

全裸の麗蘭は、右手で秘部を隠しながら立ち上がった。

そして、胡座をかいた竜之介を跨いで、その両肩に手を置く。ゆっくりと、丸い臀を下ろした。

竜之介は、右手で巨根の茎部を握り、十八娘の亀裂にあてがう。

「そのまま、腰を下ろすのだ……うむ、そのように」

麗蘭は、男の膝の上にしゃがみこんだ。

「あ、あ、あぁァ……」

その女壺に、さきほど精を放ったばかりとは思えぬほど逞しく屹立した男性器が、ずずず……っと押し入る。

「わたくしの中に……竜之介様がいっぱいに……」

対面座位で真下から貫かれた麗蘭は、男の首にしがみついて、喘いだ。

初々《ういうい》しい括約筋《かつやくきん》の締めつけが、正常位の時とは違う味わいで、まことに具合がよろしい。

「辛《つら》くはないか」

「ええ」

「よし、よし」

竜之介は、まろやかな曲線を描く白い臀の双丘《そうきゅう》を、両手で鷲《わし》づかみにする。そして、

「これはどうじゃ」

唐人娘の臀部を、水平に回してやる。

石のように硬い剛根が、まるで擂《す》り粉木《こぎ》のように女陰の内部を掻《か》きまわした。

しかも、傘《かさ》のように開いた周縁《しゅうえん》部が、肉襞を摩擦するのだ。

抽送の時にもたらされるのとは異なる、別の種類の男根の刺激に、

「おお…あっ、んんぅ……」

麗蘭は、唸《うな》りとも感嘆ともつかぬ声を洩らした。

「良いのか」

「はい、はいっ」

がくん、がくんと首を縦に揺するように頷いて、麗蘭は掠《かす》れ声で返事をした。

「では、これからが本調子だぞ」

竜之介は、強靭《きょうじん》な腰で女壺を突き上げる。

臀肉を揉《も》みしだくようにして、麗蘭の腰を蠢《うごめ》かしながら、真下から男根で奥の院を突く。

この激しい複合業に、十八歳の唐人娘は乱れに乱れた。

「もっと…もっと突いて、竜之介様……わたくしのあそこを、滅茶苦茶にしてっ」

「応《おう》とも」

竜之介は、力強く突き上げた。

ぐぽっ、ぐぷっ、ぐぽっ……と派手な淫音《いんおん》が座敷内に響く。

初体験の時よりも速く、麗蘭の快楽曲線はその頂点に達した。

男の広い背中に爪《つめ》を立てながら、

「〜〜〜ォォっ」

麗蘭は、声にならぬ官能の叫びを上げる。

竜之介は放った。

二度目の吐精だというのに、驚くほど大量の白い溶岩流が噴出される……。

二

それにしても——と、天井を見上げたままで、松平竜之介は思う。

(お新《しん》を攫《さら》われたことは、この竜之介、一世一代の不覚であったっ)

怪《あや》しい武家駕籠《かご》と遭遇《そうぐう》する直前に、自分は何と言ったか。「天狗《てんぐ》様に攫われそうになったら、必ず助けてね」と男装美女のお新にせがまれて、「助けると約束するから、安心いたせ」と言明したではないか。

それなのに、むざむざと愛するお新を敵の手に渡してしまったのである。

(お新……無事でいてくれ)

神仏に、そう祈らざるをえない竜之介であった。

その脇で、同衾《どうきん》している全裸の麗蘭は、安らかな寝息を立てている。

と、天井の隅で、ことり……と小さな物音がした。

「お、戻ったか」

上体を起こしながら、竜之介は、ぱっと肌襦袢《はだじゅばん》を肩に引っかけて、正座をした。下帯《したおび》一本の半裸である。

その気配に、熟睡していた麗蘭も目を覚ました。

天井の隅の板が横へずれて、そこから、可愛い顔立ちの女の子が顔を出した。

そして、音もなく畳の上に着地する。

「行って来たよ、馬鹿と…じゃなかった、若殿」

その娘は裾《すそ》の短い袖《そで》無しの着物姿で、白い脚絆《きゃはん》を付けていた。

髷《まげ》は結《ゆ》わずに、項《うなじ》の後ろで髪を括《くく》り、背中に垂《た》らしている。

「夕べの出来事を、爺《じい》ちゃん…いや、甲賀百忍組《こうがひゃくにんぐみ》支配の沢渡日々鬼《さわたりひびき》様に報告したよっ」

この娘――甲賀同心見習いの花梨《かりん》である。

十三、四にしか見えない童顔だが、実際は十八歳だ。

甲賀者の頭《かしら》である沢渡日々鬼の孫娘でもあった。つまり、正式には沢渡花梨という名前になる。

昨夜、麗蘭との二度目の媾合《こうごう》が終わった後に、花梨がやって来たので、竜之介は、お新拉致《らち》の件を話した。

そして、花梨に例の脅迫文《きょうはく》を持たせて、日々鬼へ報告させたのである。

「で、お新を攫った風魔一族の隠れ家《が》は、わかったのか」

勢いこむ竜之介の背後で、麗蘭は後ろ向きになって、あわてて浴衣《ゆかた》を着ていた。

「それなんだけどさ」花梨は、すまなそうに、

「すぐに爺ちゃんが四方に甲賀同心を走らせて、調べさせたんだけど……まだ、見つからないんだ。御免ね」

「いや……真夜中に無理なことを頼んで、こちらこそ申し訳ない」

竜之介は言う。

「風魔は、お新のみならず、か弱い婦女子を大勢、拐《かどわ》かしている。一体、何を企《たくら》んでおるのか」

風魔小太郎の件からして、風魔一族が徳川《とくがわ》幕府に対して深い恨《うら》みをいだいているであろうことは、想像に難くない。

「そんで、若殿は、今夜の木場《きば》の取引、どうするつもりなのさ。爺ちゃんは、甲賀同心を出動させると言ってるけど」

花梨は、竜之介の顔を覗《のぞ》きこんだ。

「麗蘭さんを渡さないと、お新姐《ねえ》さんが危ないし……でも、風魔の言う通りに交

換したら、麗蘭さんがどうなるか」

「うむ……」

竜之介は、腕組みして考えこんだ。

沢渡日々鬼が大勢の甲賀同心を揃《そろ》えてくれても、闘《たたか》いの最中にお新が殺されたら、何にもならないのだ。

かといって、何の罪もない麗蘭を凶悪《きょうあく》な敵に引き渡すことは、松平竜之介の武士道が許さない。

（お新と麗蘭の双方を救うためには……）

竜之介は、花梨と不安げな表情の麗蘭を交互に見る。そして、はっと何事かに気づいて、「花梨――」

見習い女忍《くのいち》を見つめて、竜之介は言った。

「そなたに頼みがある」

三

「ん………？」

お新は目を覚ました。

最初に見えたものは天蓋《てんがい》で、それは、寝台の四隅から立つ柱によって支えられている。

自分が仰向《あおむ》けに横たわってると気づいて、お新は頭を動かし、寝台の脇へ視線を移した。

近くに卓《たく》があり、その脇に椅子《いす》がある。

その椅子に座ってワイングラスを手にしている人物が、じっとお新の方を見ていた。

「目覚めたか」

異人の服を着た男——風魔乱四郎《らんしろう》が静かに言った。

卓の上には、数本の空瓶《あきびん》がある。夜明けまで、乱四郎はワインを飲みながら、お新の寝顔を眺めてたのだった。

左肩の鴉《からす》が、かァーっと鳴く。

「誰だっ」

お新は飛び起きた。その時になって、初めて、自分が木股《きまた》を穿《は》いただけの半裸であることに気づく。

「わ、わっ」

あわてて、お新はシーツを軀《からだ》に巻きつけた。

「お前は誰で、ここはどこだっ」

お新は叫ぶ。

「オイラを、どうするつもりなんだっ」

「ふ……」

乱四郎は苦笑して、ワイングラスを卓に置く。

「威勢《いせい》のよい娘だな。気に入った」

「うっ？」

シーツを軀に巻きつけたまま、お新は、ベッドの上で身構えた。

「オ、オイラの軀は、髪の毛一本まで竜之介様のものなんだぞ！　近寄ったら、嚙《か》みついてやるからなっ」

「安心しろ」と乱四郎。

「風魔乱四郎は、女に餓《う》えてはおらぬ。そなたに手を出したりはせぬよ」

「風魔……」

お新には、何のことか、わからない。

「お前は今夜、例の唐人娘と交換に、竜之介とやらの元へ戻ることになっている」

「えっ、本当に？」

喜びに顔が輝いてしまう、お新だ。が、すぐに表情を曇らせて、

「だけど……そうしたら、あの娘さんが気の毒だ」

「身も知らぬ異国の娘のことより、自分が愛《いと》しい男の元へ帰れることの方が、重要であろうが」

「そりゃ、理屈はそうだけど……でも……」

言い淀《よど》むお新の顔を、乱四郎は興味深げに観察する。

「──頭領《とうりよう》」

扉の向こうから、太い声がした。

「岩山《がんざん》か、入れ」

お新から目を逸《そ》らさずに、乱四郎は言った。

扉が開いて、名前の通り、岩山《いわやま》のように逞《たくま》しい巨軀《きよく》の男が、室内に入って来る。

風魔五忍衆の一人──多々良《たたら》岩山であった。

僧侶のように頭を丸めていて、顔は虎魚《おこぜ》のように厳《いか》つく、獰猛《どうもう》であった。

海老茶色《えびちや》の忍び装束《しようぞく》をまとい、太い腕に鉄製の籠手《こて》を付けている。

岩山は、卓の上に並んだ空瓶を見て、

「これは、よく飲んだもの。頭領は、血の色をした南蛮酒《なんばん》が、お好きですなあ」

「お前も飲むか」

「いや、わしはどうも、南蛮人の酸《す》っぱいような酒は苦手でして」

そう言いながら、岩山は大きな手で、空瓶の胴体を摑《つか》んだ。

ただ摑んだだけのように見えたが、びしっ、と罅《ひび》が入って、瓶が砕《くだ》ける。それなのに、岩山の掌《てのひら》には傷ひとつ、つかない。

とてつもない握力と頑丈《がんじょう》な肉体の持ち主なのであった。

「不粋《ぶすい》な奴だな」

乱四郎は微笑した。左肩の鴉は、不審げに首を傾《かし》げている。

「そうそう、静馬《しずま》を連れて参りました」

岩山は、廊下に控えていた若い男に、中へ入るようにと促《うなが》した。

「うむ――」

乱四郎は、その静馬という若い男の顔に目をやる。わずかに目を細めて、注視した。

「あっ」

静馬を見たお新が、驚きの声を上げた。

「お前は……？」

四

その夜――戌《いぬ》の中刻《ちゅうこく》。現代の時間にすると、午後九時である。

深川《ふかがわ》の洲《す》崎《さき》弁天の北に、元禄《げんろく》年間に造られた広大な材木置き場があった。台形をした広さ九万坪《つぼ》に及ぶそこは、〈木場〉と呼ばれていた。

縦横六条《じょう》の堀割の通る木場は、今、静まりかえっている。

あちこちに、無数の材木が積まれたり、立て掛けられたりしていた。幅《はば》の広い水路には、皮付きの丸太も浮かんでいる。

西側にある深川島田《しまだ》町から木場へ渡る橋を、築島《つきしま》橋という。

その築島橋の東の袂《たもと》の近くに、材木が山なりに積み上げてあった。

材木の前に、二人の人物が立っている。

常夜燈《じょうやとう》の明かりに照らされた一人は松平竜之介、もう一人は、唐人服を着た娘であった。

二筋《ふたすじ》の三つ編みを背中に垂《た》らした娘は、力なく項垂《うなだ》れていた。

「そろそろ約束の刻限だな……」

竜之介が呟《つぶや》いた時、空を斬《き》り裂《さ》く飛翔《ひしょう》音が聞こえて、その足元に星形の五方手裏剣《ごほうしゅりけん》が突き立った。

「むっ」

見ると、向こう側に積み上げられた材木の上に、ずらりと影法師《かげぼうし》が並んでいた。海老茶色の忍び装束《しょうぞく》と頭巾《ずきん》をつけた、風魔一族の忍び者である。二十名はいる。

その中央に、真紅の襟巻《えりまき》を垂らした巨漢がいた。

「よくぞ参った、松平竜之介」

巨漢が、嘲《あざけ》りを含んだ声で言う。

「わしは風魔五忍衆が一忍《いちにん》――多々良岩山じゃ」

「お新は、如何《いかが》いたしたっ」

「ふん――」

岩山は、左手を上げる。

材木の山の蔭から、下忍《げにん》に連れられて、お新が出て来た。攫《さら》われた時と同じ、半纏《はんてん》に木股《きまた》という姿である。

「竜之介様ァっ」

思わず駆け出そうとするお新を、下忍が押しとどめる。

「お新っ」

竜之介も、思わず一歩、踏み出した。

「あわてるな」と岩山。

「まずは、麗蘭をこっちへ寄こせ」

「むむ」

竜之介は躊躇《ためら》ったが、

「麗蘭……すまぬ」

唐人服の娘に向かって、頭を下げる。

「……………」

項垂れた麗蘭は、とぼとぼと力のない足取りで、岩山たちの方へ歩き出した。

「ふふん」

勝ち誇った表情の多々良岩山は、右手を上げた。

下忍は、お新を捕《つか》まえていた手を離す。

お新は、こちらにやって来る麗蘭に目もくれずに、一心不乱に竜之介に駆け寄った。

そして、母親を見つけた迷子の幼児のように、勢いよく男の胸に飛びこむ。

「わーん、怖かったよう」

泣きじゃくるお新の背中を、竜之介は撫《な》でる。

「よしよし、もう安心だからな」

そう言いながらも、竜之介は、眉《まゆ》をひそめた。

麗蘭の方は、風魔の下忍たちによって材木の山の上に連れて行かれた。岩山の斜め後ろに、立たされる。

「ふふふ……馬鹿め」

岩山がそう呟《つぶや》くのと、竜之介の胸に顔を埋《うず》めたお新が、帯の後ろに右手を伸ばすのが、ほぼ同時であった。

帯には、棒手裏剣が逆《さか》さに差してある。

それを抜いたお新は、竜之介の胸に突き立てようとする——が、一瞬、早く、竜之介はその手を捻《ひね》り上げた。

ぽとり、と棒手裏剣が地面に落ちる。

「たわけっ」

竜之介は、叩きつけるように言った。

「貴様が偽者《にせもの》であることは、とうに気づいておったわ」

「む、む……なぜ、わかった」

お新――風魔下忍の静馬は、唸《うな》る。

この男は、巧《たく》みな変装術で、お新に成りすましていたのだ。

風魔一族の隠れ家《が》で、本物のお新が静馬の顔を見て驚いたのは、それゆえであった。

「麗蘭と擦れ違った時に、あの気の毒な唐人娘を一顧《いっこ》だにもせぬ――お新は、そのように薄情な娘ではないわ」

「くそっ」

静馬は、竜之介の手を振り切って逃げようとする。その鳩尾《みぞおち》に、竜之介は拳《こぶし》を突き入れて、当て落とした。

「うっ……」

気を失った静馬は、だらしなく地面に崩《くず》れ落ちる。

「静馬め、しくじりおったかっ」

岩山は舌打ちをして、

「者ども、ゆけ！」

右手を、さっと振った。

材木の山の上から、下忍たちが飛び降りて、竜之介を包囲する。

「――」

竜之介は、無言で大刀《だいとう》を抜き放つ。

材木の上に残ったのは、岩山と麗蘭だけであった。

「くくく……いくら貴様が武芸の達人でも、これだけの風魔忍者を一度に相手にできるものかよ」

鼠《ねずみ》を嬲《なぶ》り殺しにする猫のように、残忍な嗤《わら》いを浮かべる岩山だ。

「死ね、松平竜之介っ」

そう叫んだ瞬間、多々良岩山の表情が歪《ゆが》んだ。

「な、何……っ？」

信じられぬという表情で、岩山は後方へ首をねじ曲げる。

その背中に、柳の葉の形をした苦無《くない》が突き刺さっていたのだ。風魔の下忍たちも、愕然《がくぜん》としている。

刺したのは麗蘭――ではなく、三つ編みの鬘《かつら》を被《かぶ》って変装した花梨であった。

二人が同じくらいの背丈《せたけ》なのを利用して、竜之介は、花梨に麗蘭の身代わりを頼んだのである。

「甲賀忍者――見習いの花梨様だっ」

隠し持っていた別の苦無を摑《つか》んで、花梨は名乗りを上げた。

本物の麗蘭は、甲賀組屋敷に保護されている。

「ちきしょう、こっちも替玉だったのかっ」

岩山は、丸太のように太い腕を後方へ振った。

それを、まともに胸にくらったら、花梨は助骨《ろっこつ》が折れて、内臓が破裂《はれつ》していただろう。

が、花梨は咄嗟《とっさ》に、後ろへ跳躍《ちょうやく》した。間一髪《かんいっぱつ》、岩山の腕をかわしたのである。

「殺せっ、二人とも嬲り殺しにしろっ」

背中に苦無を突き立てられたままで、多々良岩山は吠《ほ》えた。

だが、その時――夜の闇《やみ》の奥から、次々と八方《はっぽう》手裏剣が飛来した。

「ぎゃっ」

「わっ」

数人の風魔下忍が、その手裏剣を浴びて倒れる。

「な、何じゃ」

岩山は戸惑った。

すると、あちこちの材木の蔭から、墨色《すみ》の忍者装束《しょうぞく》をまとった者たちが、次々に飛び出して来る。その数は三十名を超えていた。

「甲賀百忍組、見参《けんざん》っ」

そう宣言したのは、甲賀百忍組支配の沢渡日々鬼であった。

風魔忍者たちが木場に隠れるよりも、ずっと前から、甲賀百忍組があちこちに潜《ひそ》んでいたのである。

それに風魔者が気づかなかったのは、甲賀者の方が隠形《いんぎょう》の術に優れていたということだろう。

「ふざけやがって、甲賀の奴らも皆殺しにしろっ」

そう叫んだ岩山は、飛来した甲賀手裏剣を鉄の籠手《こて》で弾《はじ》いた。

たちまち、風魔下忍と甲賀同心の乱戦が始まった。

互いに手裏剣を打ちながら、双方は忍び刀を抜いて、右へ左へと飛び交《か》う。

材木の山から降りた多々良岩山は、

「があァァっ」

野獣のように咆吼《ほうこう》しながら、鉄の拳で甲賀者を殴り倒していった。

とてつもない怪力《かいりき》であった。甲賀者の腕を摑むと、その軀を棒切れのように振りまわして、地面に叩きつける。

岩山が背中に刺さった苦無を抜かないのは、それをすると傷口が開いて、大量に出血してしまうからだろう。が、その痛みを無視して動けるのだから、並の気力や体力ではない。

「むっ」

大刀を抜いた竜之介は、風魔下忍を打ち倒しながら、材木の向こうの花梨に駆け寄る。

「花梨、大丈夫かっ」

「平気だよ」

そう答えた瞬間、風魔手裏剣が飛んで来た。

花梨は、逆手《さかて》に持った苦無で、それを弾き落とす。

甲賀同心の見習いとはいえ、さすがに、沢渡日々鬼の手解《てほど》きを受けた花梨である。

「でも、若殿……」と花梨は言った。

「あいつが偽者なら、本物のお新姐《ねえ》さんは」

「む……」

唇を噛《か》む竜之介だ。

趙麗蘭を風魔一族に渡さないために、竜之介は、変装した花梨に身代わりになってもらった。

だが、敵もまた、同じようにお新に化けた下忍の静馬を連れて来たのである。

つまり、竜之介は、麗蘭を救うことは出来たが、お新を取り戻すことは出来なかったのであった。

「竜之介ぇぇっ」

喚《わめ》きながら、岩山が突進して来た。

「花梨、退《の》けっ」

そう言いながら、竜之介は振り向いて、大刀を振り下ろした。

「ごわっ」

岩山が動きを止めた。右腕の肘《ひじ》から先が、なくなっている。

鉄の籠手に守られていない部分を、竜之介が、見事に切断したのであった。

斬り飛ばされた右の前膊《ぜんはく》部が、血を振り撒《ま》きながら、数間《けん》先の堀割に落ちる。

「ぬ、ぬぬっ」

さすがの岩山も、ぱっと退《さ》がった。

右腕の切断面の血止めをしなければ、血圧の急激な低下によって、あっという間に動けなくなるからだ。

築島橋まで退がった岩山は、左手だけで真紅の襟巻を右の上腕部の付け根に巻きつけ、ぎゅっと締める。

動脈が圧迫されたので、切断面からの出血が少なくなった。

「今じゃ、それっ」

沢渡日々鬼の号令によって、甲賀同心たちが一斉に八方手裏剣を放った。

避けることの出来ぬ岩山の巨軀に、多くの手裏剣が突き刺さる。

「うぐ……甲賀ごときに敗れるとは……」

ごふっと血の塊を吐《は》き出して、岩山は唸った。もはや、その場から動くことも出来ないらしい。

「だが……風魔五忍衆の仲間が、必ずや、わしの仇敵《かたき》をとってくれようぞ」

眼を真っ赤に充血させて、岩山は軋《きし》むような声で言う。

そして、左手で胸元から一本の紐《ひも》を引っぱり出した。

「松平竜之介……そして、甲賀の者ども……多々良岩山の死《し》に様《ざま》、とくと見よっ」

岩山は、その紐を勢いよく、引っぱった。

途端に、胴の辺りで閃光《せんこう》が走り、大爆発が起こった。

忍者装束の下に、大量の火薬を詰《つ》めこんだ胴巻を付けていたのだろう。

「っ！」

竜之介は、花梨を庇《かば》って伏《ふ》せる。

巨体が四散して、築島橋が吹っ飛んだ。その爆風で、数人の甲賀同心が薙《な》ぎ倒された。

築島橋の残った部分も、その重量を支えきれずに、ばりばりと折れ崩《くず》れて、堀割に沈んで行く。

「若殿……ありがと」

花梨が、羞《はず》かしそうに言った。

「………」

それに答えずに、竜之介は立ち上がった。

爆発の硝煙《しょうえん》が漂う堀割の水面《みなも》を、見つめる。

「──若殿」

沢渡日々鬼が、そっと寄り添った。

「お新様に化けていた静馬なる者や、他数名の風魔者にはまだ息があります。我らの手で責めて、必ずや、彼奴らの隠れ家を吐かせてみせまする」

「………頼む」

そう言った竜之介は、そこにお新の面影《おもかげ》を見るかのように、まだ、水面を見つめていた。

第三章　竜之介《たつのすけ》、西へ

一

夜明け直前の無人の東海道《とうかいどう》を、馬蹄《ばてい》の音を高々と響かせて、六頭の馬が疾走《しっそう》していた。

奇妙なことに、人が乗っているのは先頭の馬だけで、他の五頭には鞍《くら》が付けてあるだけだ。

先頭の馬に跨《また》がり、真紅の襟巻《えりまき》とマントを翻《ひるがえ》らせているのは、風魔《ふうま》一族の頭領《とうりょう》である風魔乱四郎《らんしろう》だった。その頭上を、鴉《からす》の闇丸《やみまる》が飛んでいる。

街道の両側には、徳川家康《とくがわいえやす》の命で植えられたという松の木が並んでいた。

その松の木の高い枝に、四体の影法師《かげぼうし》が蹲《うずく》っている。彼らは、海老《えび》茶《ちゃ》色の忍者装束《しょうぞく》に身を包んでいた。

馬が近づいて来ると、その四忍《よにん》は、馬の鞍めがけて飛び降りて来た。繋《つな》いである馬に乗るよりも容易《たやす》く、彼らは、その鞍に跨った。驚くべき体術である。

最後尾の馬だけが、乗り手のないままであった。

その四名は、男女が二名ずつであった。全員が、真紅の襟巻を後方へなびかせている。

「――頭領」

乱四郎に向かってそう言ったのは、瘦身《そうしん》の気取った容貌《ようぼう》の若者である。

「御母衣兵部《みほろひょうぶ》、参りました」

肉感的で派手な顔立ちの美しい女が、

「銀猫《ぎんねこ》の珠久美《すくみ》が、ここに」

ふっくらした顔立ちの良妻賢母《りょうさいけんぼ》風の美女が、

「極女《きわめ》でございます」

滑稽《こっけい》な顔つきをした小柄《こがら》な老爺《ろうや》が、

「へェい、猿眠《さるねぶり》の鈍左《どんざ》ですわい」

乱四郎は、前方を見たままで頷《うなず》く。

「よし――揃《そろ》ったか、風魔五忍衆《ごにん》」

珠久美が、ちらっと後ろを見て、

「いえ、まだ岩山《がんざん》が……」

「多々良《たたら》岩山は、死んだ」

「えっ！」

風魔五忍衆の四忍は、驚愕《きようがく》した。

岩山の凄《すさ》まじい戦闘力と頑丈《がんじよう》さは、仲間であるこの四人が、一番良く知っているのだ。

「あの不死身《ふじみ》の男が……どうして」

兵部は、納得できないという表情であった。

「岩山を殺《や》ったのは、公儀《こうぎ》の甲賀百忍組《こうがひやくにん》と……将軍家斎《いえなり》の手先、松平《まつだいら》竜之介っ」

風魔乱四郎が、怒りの口調で言う。

「松平…竜之介……」

口の中で転がすように、極女が、その名を呟《つぶや》く。

他の三忍も、竜之介の名を胸に刻みこんだようであった。

「例の江戸《えど》の隠れ家《が》は、放棄した。我らは、大坂《おおさか》へゆくぞっ」

「すると、頭領」鈍左が首を捻《ひね》る。

「竜之介という奴は、放っとくんですかいのう。仲間の仇敵《かたき》じゃが」

「ふふ……それなら、案ずることはない。案ずることはな。ふ、ははは」

疾走する馬の上で、マントを翻しながら、風魔乱四郎は大笑した。

それは、松平竜之介が己《おの》れのあとを追って、必ずや大坂にやって来るであろうことを、確信している笑いであった。

その会話の間にも、六頭の馬は無人の街道に土煙を上げて、風のように疾走している。

殺気に充ち満ちた凶悪《きょうあく》な五人に関《かか》わりなく、東の空が、清浄な陽光を孕《はら》んで白みかけていた。

二

「甲賀百忍組が、静馬《しずま》なる風魔下忍《げにん》を様々な責め問いにかけて、ようやく、風魔一族の隠れ家《が》を白状させた。飛鳥山《あすかやま》の麓《ふもと》の、空《あ》き屋敷であったそうな。すぐに、夜明け前に、甲賀組は屋敷を奇襲したのだが、中は蛻《もぬけ》の殻《から》であった――」

その日の午後——徳川幕府第十一代将軍の家斉は、沈痛な表情で言った。

「頭領《とうりよう》の風魔乱四郎の姿は勿論《もちろん》、攫《さら》われた娘たちの影も形もなかった。お新という娘も、な……」

「……」

畳に両手をついて頭を下げている松平竜之介は、無言であった。昨夜は一睡《いっすい》もしなかった竜之介は、憔悴《しょうすい》した表情である。

そこは——下谷《したや》にある屋敷の居間《いま》だった。

元は豪商の寮であったが、今は新番頭の伊東長門守保典《いとうながとのかみやすのり》の別宅であり、千紗《ちさ》という愛妾《あいしょう》を住まわせていた。

伊東長門守は、家斉の信任が篤《あつ》い。だから、密《ひそ》かに江戸城を抜け出した家斉が竜之介と会う場所を、この妾宅にしているのだった。

その長門守も、家斉の脇に座って、気の毒そうに竜之介を見ていた。

「これは、まだ真相不明なのですが——」

伊東長門守が言う。

「北町奉行の内田上野介《うちだこうずけのすけ》殿が今日の夜明け前に、別宅で死んでいるのが見つかりました。それも、手水鉢《ちょうずばち》の水に顔を突っこんで絶命——という異様な姿で」

「……？」

竜之介は、長門守の顔を見つめた。

「一応、頓死《とんし》ということで処理されましたが、何者かに殺された疑いが濃い。しかも、その別宅は、神田小川町《かんだおがわ》にあります。と、すると——趙麗蘭《ヂヤオ・リーラン》なる唐人《とうじん》娘を乗せた駕籠《かご》は、飛鳥山の風魔一族の隠れ家から、小川町へ向かっていたのではないか……北町奉行に、閨《ねや》の奴隷《どれい》として献上するために」

つまり、北町奉行の内田上野介が風魔一族に買収されて、その美女攫いを助けていたのではないか——という疑惑である。

だから、風魔一族は江戸から引き払う前に、口封じのために上野介を殺害したのではないだろうか。

「今、目付《めつけ》が、内田上野介殿の生前の素行《そこう》を調べております」

半刻《はんとき》ほど前に、伊東長門守の若党が阿部川《あべかわ》町のお新《しん》の家を訪れて、下谷の千紗の屋敷へ御出《おい》で下さるように——という伝言《ことづて》を貰《もら》った時、竜之介は、吉報《きっぽう》ではないと察していた。

しかし、いざ、家斎の口から、お新を保護できなかった——と聞くと、さすがに虚脱《きょだつ》するような思いであった。

お新は生きているのか、それとも、もう殺されたのか。生きているとしても、風魔一族に、どのような目に遭《あ》わされているのか。

長門守の話の通りであれば、手を組んでいた北町奉行を簡単に殺すほど、敵は非情である。

そして、多々良岩山と下忍《げにん》たちが討ち取られたことを、風魔乱四郎は知っているはずであった。

と、すれば、その怒りの矛先《ほこさき》は、手近なところにいるお新に向くのではないか……………。

「―――」

不吉な予感を覚えて、竜之介の広い額《ひたい》に、冷たい汗の粒《つぶ》が噴《ふ》き出した。

その表情を、じっと見つめていた家斎が、

「余《よ》が、ここへ微行《しのび》で参ったのは、他でもない。竜之介――大坂へ参れっ」

「は？」

竜之介は、不審げに顔を上げた。

「静馬なる者の自白によれば、風魔一族は、江戸で攫い集めた娘たちを大坂へ運ぶ予定であった――という。飛鳥山の隠れ家が無人であったということは、すでに、娘たちは大坂へ運ばれたのではないか」

「なるほど」

「しかし、大坂のどこに隠れ家があるのかは、静馬や他の下忍たちも知らなかったそうじゃ」

おそらく、頭領の風魔乱四郎は、拷問《ごうもん》で自白《じはく》を強《し》いられた時のために、下忍たちには最低限の情報しか与えていなかったのであろう。

「大坂城代や東西の町奉行に、風魔一族の隠れ家を探せと命じたところで、難しかろう。だが――」

徳川家斎は、白扇《はくせん》の先を竜之介に向けた。

「そなたが――松平竜之介が大坂に姿を現せば、必ずや風魔の刺客《しかく》が襲って来るに違いない」

「……ほほう」

竜之介の両眼に、獰猛《どうもう》とすらいえる強烈《きょうれつ》な光が浮かぶ。

「上様は、わたくしに、風魔一族の的《まと》になれと仰《おお》せなのですな」

「臆《おく》したか、竜之介」

「なんのっ」

竜之介は、にっと不敵に嗤《わら》った。

「それこそ、願ってもないお役目。この竜之介奴《め》には、好都合というもの。風魔の刺客どもと渡り合えば、隠れ家を突き止めて、お新を救い出す機会もありましょう」

「はははは」

家斉は、愉快そうに笑った。

「それでこそ、余が見こんだ漢《おとこ》じゃ」

視線を伊東長門守に移して、家斉は、目で合図をする。

長門守はお辞儀《じぎ》をして、隣の座敷へ続く襖《ふすま》の方を見た。

「――これ」

さっ、と襖が両側に開かれた。

左右にいるのは、沢渡日々鬼《さわたりひびき》と花梨《かりん》で、その間に、振袖《ふりそで》に袴《はかま》姿という若衆が控えている。

両手をついていた若衆が、すっと顔を上げた。

「おっ、そなたは……霖之丞《りんのじょう》っ」

それは、男装の女兵法者《おんなひょうほうしゃ》・日向《ひゅうが》霖之丞であった。

年齢は二十歳。月代《さかやき》を剃っていない若衆髷《まげ》で、鼻梁《びりょう》の高い凛々《りり》しい顔立ちの霖之丞は、男の格好《かっこう》がよく似合う。

しかし、今、竜之介を見つめる霖之丞の瞳は、女らしい潤《うるお》いを帯びて、熱い思慕《しぼ》の情が浮かんでいた。

「知っての通り、霖之丞は元は伊賀《いが》二百忍組《にひやくにん》の女忍《くのいち》で、榊原弾正《さかきばらだんじょう》の手先となって、そなたの命を狙った刀腰女《とうようめ》じゃ。が……今は心を入れかえて、そなたの役に立ちたいと申しておる」

大目付《おおめつけ》の榊原弾正は、大奥総取締役の真崎《まさき》の局《つぼね》と手を組んで、強大な権力を振るっていた。

そして、松平竜之介が家斎の隠し子を見つけ出すことが自分たちの不利になる――と考えた弾正は、伊賀二百忍組の茨城多聞《いばらきたもん》に、竜之介の抹殺《まっさつ》を命じる。

その大役を任されたのが、最強の女忍・日向霖之丞なのである。

だが、巧妙に張り巡らされた伊賀組の罠《わな》も、竜之介に嚙《か》み破られてしまった。

そして、霖之丞は牝犬《めすいぬ》の姿勢で竜之介の巨根に犯されて、生まれて初めて本当の女の悦《よろこ》びを識《し》り、その男性的魅力の虜《とりこ》となったのであった……。

「勿論《もちろん》、花梨も蔭供《かげとも》をさせるが――この霖之丞を、そなたの大坂ゆきの供とするがよい。満更《まんざら》、他人ではないらしいからのう」

「まあ……」

耳まで真っ赤になって、霖之丞は顔を伏《ふ》せた。

竜之介に手籠《てごめ》にされ、とてつもない質量の剛根に貫《つらぬ》かれて汗みどろで哭《な》き狂った時のことを、思い出したのかも知れない。

「あ、あの……不束者《ふつつかもの》ではございますが、よろしくお願いいたします、竜之介様」

まるで新婚初夜の新妻のように、しおらしく挨拶《あいさつ》をする女兵法者であった。

それを見た花梨が、

「――――」

陸《おか》に揚《あ》げられた河豚《ふぐ》のように、頬《ほお》を膨《ふく》らませて不機嫌な顔つきになる。

「わしこそ、頼む」と竜之介。

「風魔一族を倒して、お新を取り戻すために、そなたの力を貸してくれ」

「はいっ」

嬉しそうに、霖之丞は頷《うなず》いた。

「うむ、よろしい」

将軍家斎は、満足げに頷く。

「もはや、余の隠し子捜《さが》しなぞという私事にかまけている場合ではない。いかなる企《たくら》みを持っているかは不明じゃが、悪辣《あくらつ》無法な風魔一族を倒さねば、庶民の安らかな暮らしは守れぬ。頼むぞ、松平竜之介っ」

「ははっ」

両手をついて、竜之介は、きっと家斎を見つめた。

三

翌日——青い大海原《おおうなばら》を、二十四反《たん》の広さの帆《ほ》をいっぱいに膨《ふく》らませた千石船《せんごくぶね》がゆく。公儀《こうぎ》の御用船〈黒潮丸《くろしお》〉であった。

快晴の空には、白い海鳥が舞っている。

徳川幕府の船舶《せんぱく》に関《かか》わる船手頭《ふなてがしら》は七百石高《だか》で、五名。その筆頭が、六千石の大身旗本・向井《むかい》家である。

三代将軍家光《いえみつ》の時——寛永《かんえい》九年に、徳川軍の船手奉行であった向井政綱《まさつな》の子・忠勝《ただかつ》が、船手頭の一人に任ぜられた。

向井忠勝は将監《しょうげん》と号し、それから向井家の当主が代々、幕末まで、向井将監の名で筆頭船手頭を務めている。

現在は、九代目の向井将監正道《まさみち》が筆頭船手頭であった。実際の役職名とは異なるが、慣例として、向井家の当主だけは、〈船手奉行〉と呼ばれている。

昨日――その船手奉行・向井将監は、将軍家斉から直々《じきじき》に、松平竜之介を大坂へ送る御用船の手配を命じられた。

将監は即座に、配下の百三十名の船手同心の中から、特に腕利《き》きの十名を選出した。そして、今日の早朝に、黒潮丸は江戸湊《みなと》を出港したのだった。

江戸から大坂までの船路は、最短で六日、海が荒れれば二十日以上もかかることもある。

通常、江戸から東海道を通って大坂へ徒歩で向かう場合は、十五日くらいであった。

つまり、場合によっては、歩きよりも船旅の方が、日にちがかかってしまうのだ。

それでも、家斉が、竜之介の大坂ゆきに陸路ではなく海路を選んだのは、陸路では風魔一族の襲撃が懸念《けねん》されるからである。

海上ならば、竜之介を襲うためには、船で接近しなければならない。

だから、黒潮丸の船手同心たちは、四六時中、いつでも火矢を放てる用意をしていた。警告を無視して接近する船は、この火矢で焼き払うことになっている。

千石船ともなると、全長が十丈《じょう》――三十メートルもあった。

その舵《かじ》の広さは、六畳間《じょうま》に等しい。身木《みき》と呼ばれる舵の軸棒の長さは、三丈半――十メートルほどもある。

帆柱の根元の太さは二尺半《しゃく》――七十五センチ、高さは九丈――二十七メートルもあった。

今、その帆柱の先端に、器用に胡座《あぐら》を掻《か》いているのは、甲賀同心見習いの花梨である。

袖《そで》無しの着物姿で、太腿《ふともも》の半《なか》ばまである藍《あい》色の木股《きまた》を穿《は》いていた。

「大坂か……喰い倒れの町って言われるほど、食べ物が旨《うま》いって話だな」

花梨は、小手《こて》をかざして西の方を眺めていた。

「よし。さっさとお新姐《ねえ》さんを助け出して、腹いっぱい旨いものを喰《く》うぞっ」

その帆柱の下――船内に六畳間がある。貴人用の船室であり、そこに松平竜之介と日向霖之丞が向かい合って座っていた。

竜之介は腕組みをして、瞑目《めいもく》していた。

今朝《けさ》、江戸湊を出港して以来、ずっと、この姿勢のままなのだ。大刀《だいとう》は刀掛けに預《あず》けて、帯には脇差《わきざし》だけを差している。

六畳間は、ゆっくりと揺れていた。

男装女忍《くのいち》にして女兵法者《おんなひょうほうしゃ》の日向霖之丞は、竜之介の顔を労《いたわ》しげに見つめている。

「……………」

霖之丞は、すっと立ち上がって、屏風《びょうぶ》の蔭《かげ》に入った。袴《はかま》の帯を解《ほど》いて、足元へ落とす。

「竜之介様」

「ん？」

目を開くと、襖《ふすま》の蔭から霖之丞が出て来た。

左右の手で、大きめの乳房と局部を隠しただけの全裸である。

剣術や忍術の修行で鍛《きた》え抜かれ、羚羊《かもしか》のように引き締まった素晴らしい肉体であった。

「抱いてくださいまし」

「何だと」

この非常時に、何を馬鹿なことを言うのか——という表情であった。

「いえ、わたくしは、決して淫心《みだらごころ》から申し上げているのではございませぬ」

真剣な顔で、霖之丞は言う。

「今の竜之介様は、お新様を案ずるあまり、平常心を忘れていらっしゃいます。そのような事で、風魔の刺客《しかく》を倒せましょうか」

「むむ……」

たしかに、己《おの》れの心が抜身《ぬきみ》のように無闇《むやみ》に殺気立っていることを、竜之介は自覚した。

「わたくしをお抱きになって、いつもの強くて優しい竜之介様に戻ってほしい……お願いでございます」

恥じらいと愛情をこめて、霖之丞は言う。

竜之介は、ふっ……と微笑して、立ち上がった。

「よくぞ、意見してくれた、霖之丞。礼を言うぞ」

「竜之介様っ」

感極《かんきわ》まって、全裸の霖之丞は竜之介に抱きつく。そして、男の前に跪《ひざまず》いた。

「御奉仕《ごほうし》させていただます——」

若竹色の着物の前を広げて、白い下帯に包まれた膨らみに、霖之丞は鼻先を擦《こす》りつける。

「ああ……竜之介様のにおいがする…本物の漢《おとこ》のにおいが……」

うっとりとした表情で、男装の女兵法者は呟《つぶや》いた。そして、下帯《したおび》を解く。

だらりと股間《こかん》から垂《た》れ下がった剝《む》き出しの男性器を、霖之丞は舌先で舐《な》め上げた。

「美味《おい》しい……」

太い男根だけではなく玉袋まで舐めてから、霖之丞は、玉冠部《ぎょつかんぶ》を咥《くわ》える。

頭を前後に動かして、熱心にしゃぶった。

たちまち、休眠状態から覚醒《かくせい》した男の象徴が、雄々《おお》しく硬化膨張《こうかぼうちょう》する。

その口唇《こうしん》奉仕を、仁王《におう》立《だ》ちの竜之介は見下ろしながら、帯を解いた。着物を脱いで、相手と同じ全裸になる。

そして、若衆髷《まげ》に結《ゆ》った霖之丞の後頭部を両手で摑《つか》むと、仁王立ちの竜之介は、腰を前後に動かした。

強制口姦であった。

「おぐ……んっ……ぐぐ……」

喉《のど》の奥まで深く突かれて、霖之丞は苦しそうな呻《うめ》き声を洩《も》らした。

そのくせ、双眸《そうぼう》はとろりと潤《うる》んでいる。

荒々しく扱われることによって、霖之丞の被虐嗜好《マゾヒズム》に火がついたのであった。

元々は、同性の先輩女忍から、あらゆる性技を仕込まれた霖之丞である。

その性技を活《い》かして、刀腰女《とうようめ》として潜入した大名屋敷の奥御殿で、お姫様や奥女中を誑《たら》しこんだ。

霖之丞は、男根の代わりに腰に天狗面《てんぐめん》を装着して、その長大な鼻で相手の女壺《にょつぼ》を犯《おか》し、処女膜を引き裂《さ》いたのである。

そして、その凌辱《りょうじょく》的な行為に、加虐的《サディスティック》な悦《よろこ》びを感じていた。

霖之丞自身も、疑似男根の挿入しか経験していない。

そういう意味では、物理的な破華こそ終えていたが、霖之丞は〈処女〉のままであった。

ところが——周到な罠《わな》に嵌《は》めて抹殺《まっさつ》するはずだった竜之介に、霖之丞は返り討ちにあってしまった。

普通の男の倍もある巨根で、無理矢理に犯されて、処女喪失をしたのである。

四《よ》ん這《ば》いの姿勢で牝犬《めすいぬ》のように強姦されているうちに、霖之丞は、被虐の快楽に目覚めた。

苦痛が快楽へと変化し、男装女忍は口の端《は》から唾液《だえき》さえ垂《た》らしながら、悦《よ》がり狂ったのである……。

今も、容赦《ようしゃ》なく喉の奥まで男根を押しこまれて、霖之丞は陶酔《とうすい》の表情になっていた。

「放つぞ、霖之丞」竜之介は言った。

「一滴《いってき》残さず、飲むがよい」

竜之介もまた、闘争心が燃え上がって、躯《からだ》の中の活力が膨れ上がり、荒々しくなっていた。

霖之丞の頭を固定して、逃げることを許さず、大量の精を射出する。

白濁《はくだく》した熱い溶岩流が霖之丞の喉の奥を直撃して、胃《い》の腑《ふ》に流れこんだ。

「ん、んん……ぐほっ」

咳《せ》きこみながらも、必死で聖液を嚥下《えんげ》する霖之丞である。

竜之介は、彼女の口から、ずるりと男根を引き抜いた。

吐精したばかりなのに、その勢いは少しも衰《おとろ》えていない。

「さあ、霖之丞。どうやって犯されたいか、申してみよ」

「は、はい」霖之丞は小声で、

「やはり、初めての時と同じように、牝犬の格好《かっこう》で……」

「では、四ん這いになって、臀《しり》をこちらに向けるがよい」

「はい……」

日向霖之丞は、両手と膝を畳について、臀を高々と持ち上げた。

「淫らで助兵衛《すけべえ》な霖之丞を、竜之介様のぶっとくてでっかい魔羅で、ご存分に犯してくださいませ」

最下級の娼婦のような卑語を口にする、霖之丞であった。

花園は緋《ひ》色で、花弁《かべん》は肉厚である。恥毛《ちもう》は淡い。

臀の割れ目の奥の後門まで、男の目に曝《さら》け出していた。その排泄孔《はいせつこう》は、狐《きつね》色をしている。

「よかろう」

竜之介は屈《かが》んで、片膝立ちになった。右手で巨根を握ると、左手で彼女の臀肉を鷲《わし》づかみにする。

そして、先端を濡れそぼった花園に押し当てた。竜之介が、女壺に挿入しようとした時、

「あの……竜之介様」

霖之丞が、肩越しに振り向いた。

「如何《いかが》いたした、霖之丞」

「もう一つ、お願いが」

「申せ」

「どうせなら、お臀を…お臀の孔《あな》を犯していただきたいのでございます」

「後庭華《こうていか》か」

「はい……女には、三つの操《みさお》があると聞きました。女門と口唇、それに、お臀の孔――この三つでございます」

従順な牝奴隷の表情で、霖之丞は言う。

「すでに、わたくしの女門と口唇は犯していただきました。ですから、最後の一つ、お臀の孔も、ご立派な魔羅で力ずくで犯していただきたいのです」

「指戯《しぎ》でほぐさねば、辛《つら》いぞ」

「辛くても、嬉しいのでございます……霖之丞は、竜之介様の魔羅で犯していただくためにこの世に生まれてきた、好色で色狂いの牝犬でございますから」

艶《なま》めかしい声で、後門強姦をせがむ霖之丞だ。

「そこまで申すのであれば」

若い血が滾《たぎ》っている、竜之介であった。

いきり勃《た》った巨大な男根は、今にも弾《はじ》けそうなほど膨れ上がり、脈打っている。

放射状の皺《しわ》の中心に、竜之介は、巨根を密着させた。

「参るぞ」

本物の被虐牝と化した男装女忍の臀孔を、竜之介の剛根が貫《つらぬ》いた。

「〜〜〜っ！」

霖之丞は絶叫した。

その時には、竜之介の巨根は、その根元まで排泄孔に埋《う》まっている。凄《すさ》まじいほどの締めつけであった。

「大事ないか、霖之丞」

竜之介は、女兵法者の顔を覗《のぞ》きこむ。

「………はい」

激痛のあまり、全身が汗まみれになった霖之丞は、弱々しく頷《うなず》いた。

「これで……わたくしの三つの操は全《すべ》て、竜之介様に捧《ささ》げることが出来ました。

霖之丞は、幸せ者でございます」

「可愛いことを申す」

竜之介は、その唇を吸ってやった。

自分が放った精のにおいも気にせずに、深く舌を使う。

感激した霖之丞は、男の舌に自分のそれを絡《から》ませた。

濃厚な接吻《せっぷん》を続けながら、竜之介は、ゆっくりと腰を動かす。

男装女忍の臀の孔の中を、長大な男根が往復運動した。

「凄《すご》いっ……胃の腑を貫いて、喉まで届きそう……」

後門を犯されながら、霖之丞は喜悦《きえつ》の悲鳴を上げた。

「もっと…もっと犯してくださいまし、竜之介様……淫らな牝犬のお臀の孔が、蕩《とろ》けるまで」

「よし、よし」

竜之介は、両手で臀の双丘《そうきゅう》をつかみ、本格的に抽送《ちゅうそう》を開始した。

力強く排泄孔を犯された霖之丞は、乳房を揺らしながら、正気を失ったかのように哭《な》き狂う。

やがて、絶頂に達した男装女忍の暗黒の狭洞に、竜之介は放った。二度目なのに、夥《おびただ》しい量の聖液であった。

そして、意識を失って俯《うつぶ》せになった霖之丞の上に重なると、しばしの間、痙攣《けいれん》する後門括約筋《こうもんかつやくきん》の味を愉《たの》しむ。

「――竜之介様」

目覚めた霖之丞が、甘え声で言った。

「今度は、女門を犯してくださいますか」

「なかなか貪欲《どんよく》じゃな」

苦笑した竜之介は、上体を起こして、男装女忍の後門から巨根を抜いた。それは、半勃ちの状態である

霖之丞の後門は真っ赤に腫《は》れ上がり、ぽっかりと口を開いていた。薄桃色をした内部の粘膜が見える。

桜紙《さくらがみ》を臀の割れ目に挟んだ霖之丞は、胡座を掻いた竜之介の股間に顔を寄せた。

「浄《きよ》めさせていただきます」

自分の臀孔を犯していた男根を、何の躊躇《ためら》いもなく、嬉しそうにしゃぶる。

男のものを唇と舌で浄めると、霖之丞は仰向《あおむ》けになった。

竜之介は、その上に覆《おお》いかぶさると、逞《たくま》しすぎる男根で、花園を貫いた。

そして、余裕たっぷりに女体を翻弄《ほんろう》する。

一方——帆柱の上では、花梨が腕組みをして、

「がんばれ、お新姐さん。この甲賀同心見習いの花梨が、助けに行くぜっ」

鼻息も荒く、宣言していた。

第四章　上方《かみがた》娘の涙

一

「これはまた、大変な数だな」

御用船〈黒潮丸《くろしお》〉から下船した松平竜之介《まつだいらたつのすけ》は、弓形をした安治川《あじがわ》橋の袂《たもと》に立って、改めて川面《かわも》を眺めた。片手には、編笠《あみがさ》を持っている。

「水面《みなも》を埋《う》め尽《つ》くさんばかりに、様々な船がおるのう」

そこは——大坂《おおさか》の淀《よど》川の下流にある、安治川の湊《みなと》だった。

貞享《じょうきょう》年間に、たった二十日間の工事で造られた人工河川が、安治川である。

初秋の午後の空を映した川面には、数え切れないほどの菱垣廻船《ひがきかいせん》や樽《たる》廻船、弁才《べざい》船、上荷《うわに》船、金比羅《こんぴら》船などが浮かんでいた。

「出船《でぶね》千艘入船《そういりふね》千艘——という言葉が、あるそうでございます。大坂の湊には、一日に千本の帆柱《ほばしら》が立つとか」

柔《やわ》らかい口調で、男装の女兵法者《おんなひょうほうしゃ》・日向霖之丞《ひゅうがりんのじょう》が言った。

そこにいるのは、竜之介たち二人だけであった。蔭供《かげとも》の花梨《かりん》は、先に黒潮丸から下船し、風魔《ふうま》一族の情報を集めに行ったらしい。

「うむ。さすがに、諸大名の蔵屋敷が建ち並ぶ町だけのことはある」

六十余州から米や特産品などの物資が集まる大坂は、日本の物流の中心地であった。後世の人は、大坂を〈天下の台所〉と呼んでいる。

安治川の両岸には、廻船問屋の店舗や土蔵が建ち並び、通りには大勢の人が行き交っていた。

江戸《えど》湊を出港した御用船〈黒潮丸〉は、天候に恵まれて、十日目には、この大坂に着いていた。

途中、海上でも寄港地でも、風魔一族の襲撃は無かった。陸路であれば、こんな穏《おだ》やかな旅にはならなかったであろう。

もっとも、穏やかすぎて、船旅の間、竜之介は、甲板《かんぱん》に出て素振《すぶ》りくらいしかすることがない。

なので、朝から晩まで、霖之丞を相手に媾合《こうごう》に勤《いそ》しむことになった。

一日に何度も、途方もない巨根で前から後ろから突いて突いて突きまくられ、嵐の中の木の葉のように翻弄《ほんろう》され、たっぷりと濃厚な聖液を飲まされて、女として開花してしまった霖之丞である。

頭の中が七色の光に染まるような悦楽《えつらく》の極《きわ》みを知ってしまったら、もう、それを知らなかった時の自分には戻れない。

男っぽく振る舞っていた霖之丞も、所作《しょさ》がすっかり女っぽくなり、ただ立っているだけでも匂うような艶《つや》っぽさがあった。

「活気のある土地でございますね」

竜之介の横顔を見つめる眼差《まなざ》しは熱っぽく、無意識のうちに腰を蠢《うごめ》かしている。白い女下帯《おんなしたおび》に包まれた霖之丞の秘華は、今、濡《ぬ》れているであろう。

「ところで、船に忘れ物などないであろうな。上様から拝領《はいりょう》いたした、あの大事な物は」

「はい、ここに」

霖之丞は懐《ふところ》から、紫色の袱紗《ふくさ》に包んだ棒状のものを取り出した。それを、竜之介の方へ差し出す。

その時、斜め後ろから飛び出して来た者があった。

「あっ」

霖之丞が驚きの声を上げた時には、相手は袱紗の包みを奪って、駆け出している。それは、十歳にもならないような小さな男の子だった。

常の日向霖之丞ならば、子供に容易《たやす》く持ち物を奪われることなど、ありえない。害意を持って背後から近づいて来た時点で、気配を察して対処していただろう。

だが、今の霖之丞は、普通の女と同じであった。竜之介の顔に見とれていて、隙《すき》だらけだったのである。

甘い気分を打ち砕《くだ》かれた霖之丞が、女兵法者に戻って行動を起こすよりも先に、

「むんっ」

竜之介が、手にしていた編笠を投げつける。

勢いよく回転しながら、編笠は水平に飛んだ。

人混みの中に逃げこもうとした男の子の膝裏を、その編笠が直撃した。

「わっ」

貧《まず》しげな身形《みなり》をした男の子は、前のめりに倒れた。その手から、袱紗の包みが吹っ飛ぶ。

通行人たちは、何事かと驚いて立ち止まった。

駆けつけた霖之丞が、さっと包みを拾うと、

「申し訳ございませぬ」

押し頂くようにしてから、そう小声で言って、懐にしまい込む。

竜之介は、男の子の後ろ襟《えり》を掴《つか》んで、軽々と宙に持ち上げた。

「これ、盗みはいかんぞ」

「そないなこと、わかっとるわい。わかっとるけど…お金がなかったら……」

吊《つ》り下げられたまま、男の子は泣き出した。

「ね、姉ちゃんが……姉ちゃんが売らてしまうんやっ」

「なに、そなたの姉が……？」

竜之介は、眉《まゆ》をひそめる。

その遣《や》り取《と》りを、通行人たちの背後から見ている男がいた。手には、風呂敷包みを持っている。

「やはり、船で来たか……」

そう呟《つぶや》いたのは、例の陸尺《ろくしやく》に化けていた風魔下《げ》忍《にん》の翅紋《しやもん》であった。

商家の手代のような格好《かつこう》をした翅紋は、路地に隠れた。

そして、矢立《やたて》を取り出して紙に何事か書くと、それを細く巻く。

風呂敷を開くと、中は鳥籠《とりかご》であった。その中から、翅紋は鳩《はと》を取り出して、足元の管《くだ》に巻いた文《ふみ》を入れた。

「頼んだぞ」

翅紋は、その鳩を空に放つ。

二

今から二百年ほど昔——慶長《けいちょう》二十年の五月八日、徳川《とくがわ》軍の攻撃によって、豊臣《とよとみ》秀吉《ひでよし》の築いた大坂城は炎上した。朱三櫓《しゅさんやぐら》で淀殿《よどの》と豊臣秀頼《ひでより》の母子は自害し、秀頼の息子は処刑され、娘は出家したので、豊臣家の血筋《ちすじ》は絶えたのである。

そして、徳川幕府は西国に対する押さえとして、十年がかりで大坂城を再築した。

豊臣時代の土地に十メートルほどの盛土をし、外濠も内濠も二倍の幅《はば》にして、元の城よりも二十メートルも高い天守を築いたのだ。

その六十メートル近い高さの天守に向かって、湊の方から鳩が飛んで来る。

四重屋根の四隅には、人影があった。海老茶色《えびちゃ》の忍び装束《しょうぞく》に身を包んだ風魔五忍衆《ごにんしゅう》だ。

御母衣兵部《みほろひょうぶ》、銀猫《ぎんねこ》の珠久美《すくみ》、極女《きわめ》、猿眠《さるねぶり》の鈍左《どんざ》の四忍が、風に真紅の襟巻《えりまき》をなびかせている。

「――来たわよ」

ぱたぱたと飛んで来た連絡用の鳩を、極女が受け止めた。

そして、その足の金属管《くだ》から、丸めた文《ふみ》を取り出す。

文は、普通の者には読めない忍び文字で記されていた。

「松平竜之介とその連れが、湊《みなと》に到着したそうだよ」

極女の前に集まった三忍は、顔を見合わせる。

「東海道《とうかいどう》の待ち伏《ぶ》せに引っかからないから、妙だとは思っていたが、竜之介の奴、海路で来たというわけか。姑息《こそく》な野郎だ」

御母衣兵部が、忌々《いまいま》しげに言う。

「頭領《とうりょう》のご命令で、その竜之介を討つわけだが――」

珠久美が、仲間の顔を見まわした。

「どうする、四人がかりでやるかい」

「馬鹿を言うな。たかが大名の倅《せがれ》の道楽剣術、俺一人で十分だ」

自信満々の兵部が、胸を叩く。

「だが、多々良《たたら》岩山《がんざん》を倒した男じゃからのう」

鈍左が、首を傾《かし》げた。

すると、極女が、のんびりとした口調で、

「こいつで決めないかい」

手にしている連絡鳩を、皆に示す。

兵部は、にやっと嗤《わら》って、

「よかろう、右目だ」

珠久美も鈍左も、同意して頷《うなず》いた。

そして、一文銭《いちもんせん》を取り出すと、屋根瓦で端《はし》に傷をつける。

「じゃあ、行くよ――ほらっ」

極女が、ぱっと鳩を放す。

鳩は、勢いよく飛び上がった。その高さが屋根から二丈《じょう》――六メートルくらいになった時、

「今だっ」

極女が一文銭を投げつけた。ほぼ同時に、兵部も珠久美も鈍左も一文銭を投げる。

一声だけ、悲痛な断末魔《だんまつま》の叫びを上げて、鳩は屋根に落下して来た。ひくひく痙攣《けいれん》して、すぐに息絶《た》える。

極女は、その鳩の死骸《しがい》を拾った。

鳩の頭部に二枚、首と胸に一枚ずつ、一文銭が深々とくい込んでいる。

頭部は、残酷《ざんこく》にも左右の目に一枚ずつ、くい込んでいた。

飛んでいる生きものに、刃《は》もついてない一文銭を投げつけて、くい込ませたのだから、この四忍の腕前は尋常《じんじょう》ではない。

極女が、一文銭の傷を調べて、

「あたしの銭は首、胸は鈍左で、左目は……兵部だね」

「ちっ」

御母衣兵部は舌打ちをした。

「つまり、右目に命中しているのは、珠久美の一文銭というわけ」

「うふふ」

珠久美は立ち上がって、残忍《ざんにん》な笑みを浮かべた。

「残念だったね。あんたたちに出番はないよ。松平竜之介は、この銀猫の珠久美が始末しちまうんだから」

三

碁盤の目のように縦横に水路の走る大坂は、商人の町であり、面積は江戸の三分の一しかないのに、橋が二百本近くある。

しかも、そのほとんどが、町人が金を出してあって架けたものであった。

長堀《ながほり》川に架かる心斎《しんさい》橋も、私財でこの橋を架けた岡田《おかだ》心斎の名をとったものである。

この橋から北へ伸びる通りを、心斎橋筋《すじ》という。

「お侍様、ここや」

松平竜之介と日向霖之丞を案内してきた男の子――太吉《たきち》は、表戸を閉ざした小さな店の前で立ち止まった。

「ふうむ」

竜之介は、〈仏具店　出雲屋《いずもや》〉という汚れた看板を見る。

この有様では、戸を開けても客は寄りつくまい——と竜之介は口にしそうになったが、太吉の気持ちを考えて、言わなかった。

店の中へ入ると、棚は空《から》っぽである。

奥の座敷には、母親のお豊《とよ》が、綿《わた》のはみ出した夜具に横たわっていた。痩《や》せ衰《おとろ》えてはいるが、若い頃の美しさの名残《なごり》がある。

「去年、亭主が死んだ時に権蔵《ごんぞう》一家に借りた二両《りょう》が、今では元利《がんり》で三十両……私は、こんな軀《からだ》で、とても働けしまへん」

枕元に竜之介たちが座って、お豊の話を聞いた。

「そしたら、娘のお松《まつ》を連れて行かれまして……夕方までに三十両を作らんかったら、女衒《ぜげん》に売り飛ばすと……ごほっ、ごほっ」

お豊は背中を丸めて、咳《せ》きこんだ。

「おかんっ」

太吉は、あわてて母親の背中を撫《な》でる。

姉を救う三十両を作るために、太吉は、袱紗《ふくさ》に包まれた高価らしい品物に飛びついたのである。盗むという行為は許されないが、姉を思う心は健気《けなげ》であった。

竜之介と霖之丞は、顔を見合わせた。

「大事な御役目の途中ではあるが、これは放ってはおけまい」

風魔一族を成敗《せいばい》して、お新《しん》を奪回するために大坂へやって来た竜之介であったが、無法に泣く善良な人々を見殺しにすることは、竜之介の武士道に反する。

「はい。竜之介様の御心《おこころ》のままになさいませ」

霖之丞も、賛同した。それを聞いた竜之介は、太吉の方を向いて、

「で、その権蔵一家というのは、どこにおるのか」

四

夕闇《ゆうやみ》の迫る京町《きょうまち》堀に面して、丸に権の字を白く染め抜いた暖簾《のれん》を垂《た》らした店があった。

表看板は口入《くちい》れ屋〈丸権《まるごん》〉だが、主人の権蔵は、裏では高利貸しを営んでいる。

つまり、やくざだから、人々は〈権蔵一家〉と呼んでいた。

広い土間《どま》に面した板の間には、大勢の若い衆が屯《たむろ》していた。権造の乾分《こぶん》である。

と、紺《こん》の暖簾を、ばっとはねのけて、

「――御免」

土間へ入ってきた着流しの武士は、無論、松平竜之介である。

背後には、女兵法者《おんなひょうほうしゃ》の日向霖之丞の姿もあった。

「なんじゃい、おどれはっ」

乾分たちが、殺気立つ。

「ここは、三一《サンピン》なんぞの来るとこと違うでっ」

三一とは、〈三俵一人扶持《いちにんぶち》〉の略で、武士階級に対する侮蔑《ぶじょく》の言葉である。

頭にドをつけて〈ド三一〉と言えば、最大級の罵倒《ばとう》語になるのだ。

竜之介は、じろりと乾分どもを見まわして、

「権蔵とか申す馬鹿者は、どこにおる」

そう言い放った。

「わいを馬鹿者やと？」

奥から、平家蟹《へいけがに》を壁に叩きつけたような顔つきの中年男が出てきた。とんでもない悪党面《づら》のこいつが、権蔵である。

「おどれは、どこの喰《く》い詰《つ》め浪人じゃ」

「なるほど……見れば見るほど、馬鹿者らしい人相《にんそう》だな」

竜之介は、無造作《むぞうさ》に言い放つ。

「御公儀《ごこうぎ》が定めし金利は、年に一割五分《ぶ》。それなのに、二両《りょう》借りて、一年間で元利《がんり》が三十両とは、どういうわけだ。金貸しのくせに、金利の計算もできんから、馬鹿者と申したのだ。何か、文句があるか」

「ぬぬぬ……」

いきなり、全《まった》く言い返せない正論を浴びせられて、権蔵は目を白黒させる。

「ええい、面倒や。いてまえっ」

「おおっ」

匕首《あいくち》を引き抜いて、乾分たちが、飛蝗《ばった》のように襲いかかった。

竜之介は大刀《だいとう》の柄《つか》に触《ふ》れもせず、手刀で男たちを次々に打ちのめしてゆく。

霖之丞は、大刀の峰打ちを、男たちの首の付け根や脇腹に叩きこんだ。

「わっ…あわわわっ」

二人のあまりの強さに、権蔵は情けない悲鳴を上げて、奥へ駆けこんだ。

「待てっ」

乾分たちを打ち倒しながら、竜之介も、奥へ進む。霖之丞も、それに続いた。

奥の座敷の床の間の前には、後ろ手に縛《しば》られたお松が転がされていた。

年齢は十九。母親に似て、美しく清らかな容貌《ようぼう》の娘である。

「寄るんやないっ」

そのお松を盾《たて》にして、権蔵は、喉元《のどもと》に匕首を突きつけた。

「お松の命が、どうなってもええんかっ」

「ひいっ……」

お松は、蒼白《そうはく》になる。裾前《すそまえ》が乱れて、白く滑《なめ》らかな内腿《うちもも》が見えてしまう。

「竜之介様――」

霖之丞は、竜之介の顔を見た。

「……」

竜之介は無言で、懐《ふところ》の財布から二枚の小判を取り出す。

「ん……?」

欲の深い権蔵は、思わず、その小判に目を吸い寄せられた。

その時、竜之介は、手首の力だけで、その小判を投げつけた。

二枚の小判は、手裏剣《しゅりけん》のように権蔵の両眼にぶつかる。

「ぎゃっ」

匕首を放り出して、権蔵は、後ろへひっくりかえる。

死に物狂いで、お松は起き上がった。駆けて来たお松を、霖之丞が受け止める。

「う……うう……」

権蔵は、両眼を押さえて苦悶《くもん》している。

竜之介は、床の間の手文庫《てぶんこ》を開き、お豊の借用証文を見つけた。

「元金二両……うむ、これだな」

さらに、小判を一枚、権造の胸元に放って、

「少し多いが、これは利息《りそく》代わりだ。では、この借用証文は、貰《もら》ってゆくぞ」

竜之介は、折り畳《たた》んだそれを懐に入れて、立ち上がる。

「ま、待たんかいっ」

権蔵は、見えぬ目で竜之介を睨《にら》みつけて、

「その娘は、女衒《ぜげん》に叩き売ったら、五十両にも百両にもなるちゅう上玉《じょうだま》や。おんどれなんぞに横取りされて、たまるかいっ」

声で見当をつけて、権蔵は、竜之介に飛びかかった。

竜之介は、苦もなく、それを避ける。

勢いあまって、権蔵は廊下へ転がり、外の手水鉢《ちょうずばち》に頭から激突した。

「ぎゃっ」

石の手水鉢は割れて、頭から水をかぶった権蔵は、のびてしまう。

あまりの醜態《しゅうたい》に、竜之介は苦笑して、

「これ、お松とやら。そなたの家へ帰るぞ」

「は、はい……ありがとうございますっ」

細面《ほそおもて》のお松は、涙ぐんだ。

五

その晩――松平竜之介たちは、お松の家である出雲屋に泊めてもらうことになった。

もう暗くなって、旅籠《はたご》を探すのが面倒だったし、万一、権蔵一家の仕返しがあった時のための用心でもある。

二間《ふたま》しかないので、奥の座敷にお豊とお松、太吉の親子三人が寝て、もう一つの座敷に、竜之介と日向霖之丞が休む。夜具は、太吉が近所から借りて来た。

さすがに、竜之介たちは、今晩は閨事《ねやごと》は慎《つつし》むことにして、着物のままで横になる。

夜更《よふ》けになって――喉《のど》の渇《かわ》きを覚えた竜之介は、台所へ行ってみた。が、生憎《あいにく》、水瓶《みずがめ》は空《から》っぽである。

勝手口から裏庭へ出ると、車井戸がある。

釣瓶《つるべ》で汲《く》み上げた水を飲むと、竜之介は、諸肌《もろはだ》脱ぎになった。

出雲屋に内風呂はないから、濡《ぬ》らした手拭《てぬぐ》いを絞《しぼ》って、逞《たくま》しい上半身をふく。

竜之介は寝る前に、お豊には二十両《りょう》を渡して、これで医者にかかり暮らしを立て直すように――と言っておいた。太吉は、明日から棒手振《ぼてふ》りでも何でもして稼《かせ》ぐ――と張り切っている……。

(真《ま》っ当《とう》に生きている者が、報《むく》われる世の中でなくてはな)

そんなことを竜之介が考えていると、背後に人の気配を感じた。

竜之介が振り向くと、そこに肌襦袢《はだじゅばん》姿のお松が立っていた。

「お侍様……」

「お松か。如何《いかが》したな」

「あの……あの………」

口ごもったお松は、いきなり、竜之介に抱きつく。

肌襦袢の襟《えり》をはだけて、竜之介の右手を誘い、胸乳《むなぢ》を握らせる。大きさは普通だが、形の良い乳房だ。

「うち……これしか、お礼できまへんのや」

「そなたの大事なものを、わしにくれるというのだな」

「へぇ」

目を伏《ふ》せて、お松はうなずく。月明かりに、その頬《ほお》が赤く染まっているのが見えた。

権蔵は、女衒に高く売りつけるために、捕《と》らえたお松に手を出さなかった。非処女よりも処女の方が、値段が高いのである。

悪党の欲深さが、お松の純潔を守ったのだから、皮肉であった。

その純潔を、お松は竜之介に捧《ささ》げるというのだった。

「よし。その気持ち、嬉しく思うぞ」

竜之介は、お松を抱きしめて、その唇を吸ってやる。ほっそりした肢体《したい》だ。

「ん………」

清純なお松は、接吻《せっぷん》ですら初体験だったらしい。ただ、竜之介の為《な》すがままになっている。

竜之介は、お松の舌を吸いながら、その肌襦袢の前を開いていた。

右手で白い内腿《うちもも》を撫《な》で上げて、柔《やわ》らかな恥毛《ちもう》に飾られた亀裂《きれつ》をまさぐる。

ほどなく、亀裂から愛汁《あいじゅう》が湧き出して来た。透明な潤滑油《じゅんかつ》は、お松の内腿まで濡らす。

竜之介は口を外して、

「お松。その井戸に両手をつくのだ」

「は、はい……」

戸惑いながら、お松は、井戸の縁《ふち》に両手をついた。自然と、臀《しり》を後方へ突き出す姿勢になる。

彼女の背後にまわった竜之介は、その肌襦袢を捲《まく》り上げた。下裳《したも》も捲る。

小さな臀が、剝《む》き出しになった。

茜色《あかね》をした後門が、臀の割れ目の奥で息づいている。

お松の花園は鮮紅色《せんこう》で、透明な秘蜜《ひみつ》を湛《たた》えていた。

竜之介は屈《かが》みこむと、その花園に接吻する。

「ひあァっ」

甘い悲鳴を上げたお松は、肌襦袢の袂《たもと》を嚙《か》んで、悦声《よがりごえ》を押し殺す。

唇と舌と指で、十分に処女華を愛撫《あいぶ》してから、竜之介は立ち上がった。

着物の前を開いて、下帯の脇から男根を摑《つか》み出す。

それは、すでに、猛々《たけだけ》しくそそり立っていた。

鮮紅色の花園にあてがうと、十九歳の聖なる肉扉を、一気に貫《つらぬ》く。

「アァっ！」

お松は、声にならぬ悲鳴を上げた。

破華の激痛が和《やわ》らぐのを待ってから、竜之介は、ゆっくりと腰を使う。

臀肉を両手で鷲《わし》づかみにしながら、長大な男根を出し入れして、締まりの良い町娘の新鮮な肉襞《にくひだ》を味わった。

「こんな……何だか、腰が溶けそう……」

袂を嚙んでいるお松は、不明瞭《ふめいりょう》な声で言った。

竜之介は、さらに攻めて、お松を悦楽の頂点に押し上げる。

そして、お松が達するのと同時に、大量に吐精するのだった。

半《なか》ば気を失ったお松は、井戸の縁に顔を伏せる。その目の端《はし》には、涙が浮かんでいた。

「――――」

竜之介が破華の余韻《よいん》を嚙みしめていると、勝手口の方から異様に熱い視線を感じた。

様子を見に来た霖之丞が、竜之介とお松の媾合《こうごう》を盗み見して我慢できなくなり、自慰《じい》に耽《ふけ》っているのだ。

（あとで、霖之丞も抱いてやらねばなるまい）

そんな風に考えながら、後始末をするために懐紙《かいし》を柔らかくなるまで揉《も》む、竜之介であった。

第五章　女忍《くのいち》・珠久美《すくみ》

一

江戸《えど》の町奉行所は南北だが、大坂《おおさか》の町奉行所は東と西に分かれている。

大坂東町奉行所は、京橋《きょうばし》口の門外——大坂城外・高麗橋《こうらいばし》通りの北側にある。

そして、西町奉行所は、本町《ほんまち》橋の東詰《ひがしづめ》にあった。

権蔵《ごんぞう》一家を成敗《せいばい》した翌日——正午前に、松平竜之介《まつだいらたつのすけ》と日向霖之丞《ひゅうがりんのじょう》は、その西町奉行所へやって来た。

本当は、もっと早朝のうちに、出雲《いずも》屋を出て町奉行所へ来るつもりだったのである。

しかし、さすがの竜之介も霖之丞も、十日ぶりに揺れのない場所で休んだせいか、ぐっすりと眠りこんで寝坊してしまったのだ。

「ん？」

門の両側に立っている門番は、着流しの浪人らしき若者と美しい若衆の二人連れを見て、不審げに眉《まゆ》を寄せる。

「大儀《たいぎ》じゃな」

そう挨拶《あいさつ》して、左手に編笠《あみがさ》を持った竜之介は、気軽に奉行所へ入ろうとした。

「わ、待て待て、ここは西の御番所やぞっ」

「浪人者が勝手に、町奉行所に入ったら、あかんがなっ」

あわてて、門番は持っていた六尺棒《ろくしゃくぼう》を斜め十字に組み、行く手を遮《さえぎ》る。

「おっと」

立ち止まった竜之介は、微笑した。帯に差した黒い扇子《せんす》を抜きながら、

「西町奉行は、おられるかな」

「はぁ？」

「われ、何者や」

「阿呆《あほ》なこと言うとると、この六尺棒で叩きのめすぞっ」

「自分の足で帰れるうちに、早《は》よ、帰れっ」

二人の門番は、噛《か》みつきそうな顔で交互に怒鳴《どな》りつけた。

「うむ。わしは――」

竜之介は、さっと扇子を開いた。

「こういう者じゃ」

その扇子には、黒地に金で三葉葵《みつばあおい》が描かれている。言うまでもなく、徳川《とくがわ》将軍家の紋《もん》である。

霖之丞が袱紗《ふくさ》に包んで大事に懐《ふところ》に入れていたのは、この黒扇子だったのだ。将軍家斎《いえなり》からの拝領品《はいりょう》であり、竜之介の身分証代わりでもあった。

「え……」

門番たちは啞然《あぜん》としていたが、次の瞬間、

「ひえェエっ」

六尺棒を投げ捨てて跳《と》び退《さ》がり、その場に土下座《どげざ》していた。

「知らぬこととはいえ…」

「何卒、お許しをっ」

額《ひたい》を敷石に擦《こす》りつけて、二人は身を縮める。

「よい、よい」竜之介は笑って、

「それよりも、早く立って、奉行に取り次いでくれ。頼むぞ」

二

「大坂西町奉行を務めおります石井豊後守《いしいぶんごのかみ》にございます」

次の間《ま》に平伏《へいふく》して、西町奉行は言った。

「江戸の御老中より、将軍家代人《だいにん》として松平竜之介様なる御方《おかた》が大坂に来られる――という書状は、早馬にて受け取っておりました。ですが……その……」

言いにくそうに、西町奉行は口ごもる。

「まさか、着流し姿で御出《おい》でになるとは、予想もせず……ご無礼《ぶれい》の段、平《ひら》にお許しをっ」

相手は将軍家代人――つまり、将軍本人に等しい身分であるから、豊後守が必死で言い訳をするのも、無理はない。

もしも、〈将軍〉に無礼を働いたら、一族郎党ことごとく処刑されても、おかしくはないのだ。

「いや、豊後殿、楽にしてくれ。前触《まえぶ》れもなく、いきなり来たこちらも、悪かったのだ」

床の間の前に座らされた松平竜之介は、気さくに話しかける。

彼の斜め前には、日向霖之丞が端座《たんざ》していた。

そこは西町奉行役宅の奥座敷で、竜之介たちは丁重《ていちょう》にそこへ通されたのである。

「はっ」

顔を上げると、ほっとした石井豊後守貞宣《さだのぶ》は、懐紙《かいし》に額《ひたい》の汗を吸い取らせる。

「そこでは話が遠い。もう少し、近《ち》こうに」

「ははっ」

小腰《こごし》を屈《かが》めた豊後守は、次の間から竜之介の前に移った。

「で、豊後殿」

真顔になって、竜之介は声を低めた。彼の背後には、竹林の中の白虎《びゃっこ》を描いた屏風《びょうぶ》が置かれている。

「書状にも書いてあったと思うが、神隠しの件は――」

「実は、この一ヶ月の間に六件も起こっております。いずれも消えたのは、若く美しい娘ばかり」

つられたように、豊後守も声を潜《ひそ》めた。

「ふうむ、やはりな」

竜之介は、眉間《みけん》に皺《しわ》を寄せる。

「奴らの巣が、この大坂のどこかにあるのですね」

脇から、霖之丞が言った。

つまり、風魔《ふうま》一族は、江戸の飛鳥山《あすかやま》だけではなく、大坂にも隠れ家《が》を持っていて、こちらでも美女攫《さら》いを行っていたのだ。

（そして、その隠れ家に、お新《しん》や江戸の娘たちも捕《とら》われているに違いない……）

竜之介の眉間の皺は、ますます深くなる。

「奴らと申されますと……？」

西町奉行は、竜之介と霖之丞の顔を、交互に見た。

（ここで、豊後守に風魔一族の名を教えるのは容易《たやす》い。しかし、相手の手強《てごわ》さ、事件の重大さに狼狽《ろうばい》されても困る。それを教えるのは、もう少し、この人物の肚《はら》を見てからで良いだろう……）

そのように考えた竜之介は、

「とにかく――どんな些細《ささい》なことでもよいから、神隠しに関《かか》わる事柄《ことがら》や噂《うわさ》を集めてもらいたい。頼みますぞ、豊後殿」

「ははっ」

何が何だかわからないが、豊後守は平伏した。

「いや」

竜之介は、黒扇子《くろせんす》で膝を叩いて、

「もう一つ、あったな」

「……はあ？」

豊後守は顔を上げる。

「これは、此度《こたび》の御役目から少し離れるのだが――」

竜之介は、出雲屋の母子と権蔵一家のことを説明した。

「権蔵たちは、四、五日は動けないくらい痛めつけておいたのだが、その後、出雲屋に厭《いや》がらせでもされると困る」

「なるほど、わかりました」

西町奉行は、大きく頷《うなず》いて、

「心の利《き》いた同心に、それとなく出雲屋を見張らせましょう。それと、権蔵一家の所業《しょぎょう》を詳しく調べさせます。叩けば埃《ほこり》の出る奴らでしょうから、纏《まと》めて牢《ろう》屋敷へ送るか、それでも残った奴らは所払いにするか、まあ、その辺りはお任せください」

謎の神隠しなどではなく、手慣れた通常の事件処理なので、豊後守は自信たっぷりに言った。

「うむ、さすが豊後殿。一を聞いて十を知るとは、貴公《きこう》のような聡明《そうめい》な御仁《ごじん》をいうのだろうな」

すかさず、持ち上げることも忘れない竜之介であった。

「いや、どうも」

照れながらも、豊後守は、満更《まんざら》でもなさそうであった。

「無辜《むこ》の庶民が何の心配もなく働き暮らせるように計《はか》らうことこそ、御政道の本分。出雲屋の件、何卒、よろしく」

頭を下げる竜之介に、豊後守は恐縮した。

「こちらこそ、竜之介様の細《こま》やかなお心遣《こころづか》いに、感嘆いたしました。では――」

西町奉行は、軽く手を打つ。

すぐに、大勢の女中がやって来て、山海の珍味を乗せた膳《ぜん》を幾つも運んで来る。

竜之介たちの前に、ずらりと御馳走《ごちそう》が並べられた。

そして、女中たちは引っこまずに、そのまま、座敷や廊下に並ぶ。

「ささやかな昼餉《ひるげ》を用意させましたゆえ、ごゆっくり、お召《め》し上がりくださいませ」

竜之介は呆《あき》れ顔で、女中たちを眺めた。

「この者たちは」

「はい。この奉行役宅にご滞在の間、お二人の身のまわりのお世話をさせていただきます。何なりと御用を仰《おお》せつけられますように」

「ちと、人数が多すぎるな。堅苦《かたくる》しくて、かなわぬ」

「何と仰せられます。将軍家代人をお迎えするには、むしろ少なすぎるほどでございます」

「ううむ」

どこの土地へ行っても、ややこしい手続き抜きで、そこの役人に便宜《べんぎ》をはかってもらえるように——と、将軍家代人という仮の身分と三葉葵《みつばあおい》の黒扇子を与えられた松平竜之介である。

しかし、そういう身分になってしまえば、自由が大幅《おおはば》に制限されるということは、考えていなかった。

気の進まぬ顔の竜之介に、女中たちは恭《うやうや》しく仕《つか》えて、食事の面倒を見る。

庭には、赤蜻蛉《あかとんぼ》が飛んでいた。それを横目で見ながら、

（羨《うらや》ましいな。好き勝手に飛ぶことのできる蜻蛉が……）

胸の中で嘆息《たんそく》する、竜之介であった。

しかし、豪華すぎる昼食は、竜之介と霖之丞が食べても食べても終わらなかった。

「食事は、もうよい」

竜之介は箸《はし》を置いた。

「この屏風を、そこへ立てよ。そして、そなたたちは、そちらへ」

「はい……？」

白虎の屏風が座敷の真ん中に、床の間に対して垂直に立てられた。

つまり、座敷を縦に二等分したような按配《あんばい》だ。

座敷の中にいた女中たちは、屏風に背を向ける形で、廊下に並んで座る。

そして、竜之介と霖之丞は、屏風の内側に入った。

「………」

仕方なく、見慣れた庭を眺めながら、女中たちは控えていた。

ところが、

「あ、竜之介様……何をなさいます」

屏風の内側から、只《ただ》ならぬ霖之丞の声が聞こえて来たではないか。

女中たちは一斉《いっせい》に、耳をそばだてる。

「霖之丞。腹ごなしに、少し汗をかかねばな」

鷹揚《おうよう》に、竜之介は言う。

「いえ、でも、昼日中《ひるひなか》に、このような場所で……ああっ」

ばさっと屏風の上に引っかけられたのは、霖之丞の袴《はかま》であった。

「……………」

女中たちは顔を見合わせて、もじもじする。

彼女たちは、霖之丞が男装の女兵法者《おんなひょうほうしゃ》とは知らないから、男同士の衆道《しゅどう》の戯《たわむ》れが始まったと勘違いしているのだ。

屏風の内側では、竜之介と霖之丞が着衣のままで、正常位で交《まじ》わっていた。

「ああ、凄《すご》いっ……溶ける、溶けてしまいまするっ」

霖之丞の身も世もない悦声《よがりごえ》が、座敷から廊下へと洩《も》れる。

廊下の女中たちは、刺激の強さに耐えかねて、臀《しり》を蠢《うごめ》かしていた。

中には、着物の上から自分の乳房を揉《も》みしだく者までいる始末だ。

「――――」

屏風の向こう側から、ひょいと竜之介が顔を出す。

霖之丞と結合したたまま、立ち上がったのだ。

現代でいうところの〈駅弁ファック〉の態勢である。

霖之丞は、竜之介の首に両腕をまわして、両足で男の腰を締めつけていた。

竜之介は、屏風の向こうから、女中たちの様子をうかがう。廊下に一列に並んだ女中たちは、こちらを見てはいない。

「ああっ……もう、もう……っ」

策と知りながらも、半《なか》ば、本気で悦《よ》がっている霖之丞であった。

「────」

竜之介は、そっと霖之丞の袴《はかま》を取り、大刀《だいとう》も摑《つか》むと、忍び足で隣の座敷へ移る。

桃色の霧に包まれたように興奮している女中たちは、誰も、それに気づかなかった。

三

西町奉行所の役宅から抜け出して、松平竜之介たちは、東堀川《ひがしほりかわ》沿いの松屋《まつや》町筋《すじ》を南へ向かって歩く。

少し離れた後ろを、白粉《おしろい》売りの若い女が歩いていた。

女笠を被《かぶ》っているので顔は見えないが、それは、風魔五忍《ごにん》衆の一忍、銀猫《ぎんねこ》の珠久美であった。

「ああ、羞《はず》かしかった……竜之介様の意地悪」

日向霖之丞は、竜之介の横顔を睨《にら》む真似《まね》をする。

袴《はかま》は、ちゃんと付けていたが、まだ、頰《ほお》は上気していた。

「ははは、許せ」と竜之介。

「だが、わざわざ西町奉行所に顔を出して、葵《あおい》の御紋《ごもん》の黒扇子《くろせんす》まで見せびらかした甲斐《かい》は——どうやら、あったようだぞ」

「はあ?」

竜之介は、ちらりと目だけで背後を見た。

「早速《さっそく》、尾行《つけ》て来る者がある」

「え」

反射的に振り向こうとした霖之丞だが、それを自制する。背中や肩の力も抜いた。

さすがに、刀腰女《とうようめ》として大名家の奥御殿に採用されるほどの、女兵法者《おんなひょうほうしゃ》だけのことはある。

二人の背後で、白粉売りに化けた珠久美が、にたりと嗤《わら》いを浮かべたようであった。

「聞いたところによると、この先には寺社が多いらしい」

後ろの者にも聞こえるような声で、竜之介は言った。

「我らの大願成就《たいがんじようじゆ》を、祈願して行こうではないか」

「それは、ようございますね」

霖之丞も、調子を合わせる。

松屋町筋の先にある生玉《いくたま》神社に、二人は参拝《さんぱい》した。祭神は、生魂命《いくたまのみこと》と大国主命《おおくにぬしのみこと》である。

この辺りは、古くは玉造庄《たまつくりのしよう》という名で、勾玉《まがたま》を作る職人の居住地であったという。

表門から出て蓮《はす》池を眺めた竜之介たちは、西へ向かう道を歩いてゆく。

やがて、道の左側には土塀《どべい》が延々と続き、右側は竹林となった。土塀の内側から、松の大木が枝を伸ばしている。

通行人は、竜之介たちだけであった。

霖之丞は、さりげなく背後をうかがって、

「誰も尾行て来ておりません。先ほどの白粉売りは、風魔とは違うのでは…」

その刹那《せつな》、

「危ないっ」

竜之介は、霖之丞を竹林の方へ突き飛ばした。

頭上から、羽根を広げた大蝙蝠《おおこうもり》のように、大きな投網《とあみ》が降って来たのだ。

その投網の八方の端《はし》には、重りの分銅《ぶんどう》が付けられている。

これを頭からかぶってしまえば、いかに名人剣豪といえども、軀《からだ》の自由を奪われて、抵抗のしようがない。

さらに、

「貰《もら》ったっ」

海老《えび》茶《ちゃ》色の忍び装束《しょうぞく》を着た銀猫の珠久美が、忍び刀を逆手《さかて》に構えて飛び降りて来たではないか。

白粉売りに化けていた珠久美は、先まわりをして、松の枝から投網を投げたのだ。

投網で自由を奪われた竜之介を、落下の勢いをつけて、上から刺し殺そうという作戦である。

だが、

「むっ」

竜之介は、目にも止まらぬ速さで抜刀《ばっとう》し、二度、刃《やいば》を閃《ひらめ》かせた。

投網は、どさっと地面に落ちる。

だが、竜之介は何事もなく、大刀《だいとう》を手にして立っていた。

実は、竜之介は、頭上に広がった投網の中央を×を描くようにして、斬《き》り裂《さ》いたのだ。

その〈×字形〉の開口部によって、竜之介の軀は、投網を擦《す》り抜けたのである。

「ああっ」

珠久美は驚いたが、今さら、落下は停止できない。

鳥ならぬ身の人間は、空中で方向転換することが出来ないのだ。

竜之介の振るう太刀《たち》を、からくも、珠久美は忍び刀で受け止める。

鋭《するど》い金属音が鳴り響いた。

刃と刃が激突した反動を利用して、珠久美は、ぱっと数メートル離れた場所へ着地した。

「くそっ、しくじったかっ」

悔《くや》しそうに、星形の五方手裏剣《ごほうしゆりけん》を打つ。

竜之介は、それを大刀で弾《はじ》き返した。

その僅《わず》かな隙《すき》に、珠久美は突進した。竜之介に斬りかかる。

「させぬっ」

脇から、霖之丞が大刀を振るった。

「ちっ」

その刃をかわしたために、珠久美は、態勢が崩《くず》れた。

すると、竜之介の剣が、彼女の忍び刀を叩き落とす。

「しまった」

身を翻《ひるがえ》して逃げようとした珠久美の背後から、竜之介の大刀が首筋にあてがわれる。珠久美は、動けなくなった。

「風魔の手の者だな」

「風魔五人衆が一忍、銀猫の珠久美だっ」

自棄《やけ》になった口調で、珠久美は叫んだ。

「さあ、ひと思いに殺せっ」

竜之介は、背後から左手を伸ばした。珠久美の左の乳房を、ぎゅっと握る。

「ああっ」

思わず、両腕で胸を覆って、珠久美は座りこんでしまった。

「乳房は女人《にょにん》の証《あか》し……松平竜之介は、女人を斬る剣は持たぬ」

竜之介は、大刀を鞘《さや》に納めた。

「どこでも行け」

「う……」

屈辱《くつじょく》と乳房の疼《うず》きで、珠久美は顔を真っ赤にしている。

「――」

竜之介は、女忍の乳房を握った左の掌《てのひら》を見て、何事か考えこむ。

「此奴《こやつ》、斬り捨てましょうっ」

霖之丞は、いきり立った。

「生かしておいては、また、竜之介様のお命を狙うに決まっていますっ」

それを聞いた珠久美は、すっ……と立ち上がる。

「敵に命を助けられたままでは、まともな勝負は出来ぬ」

珠久美は、竜之介へ振り向いて、

「お前は、お新という娘を奪い返すために、大坂までやって来たのだろう。違うか」

「その通りだ」

「では、その娘が捕《とら》われている場所……私が教えてやる」

「何っ、お新のいる場所をか」

さすがの竜之介も、顔色を変えた。

四

田畑の中の道を、白粉《おしろい》売りの扮装《ふんそう》に戻った銀猫の珠久美が歩いて行く。女笠に、裾《すそ》の短い小袖《こそで》に脚絆《きやはん》、草鞋《わらじ》という姿だ。

その後ろから、少し間を置いて、編笠《あみがさ》を被《かぶ》った松平竜之介と日向霖之丞が歩いていた。

「珠久美とやら。お新が捕《とら》われているという場所は、まだか」

「あわてちゃいけない。もう少し先さ」

風呂敷包みを背負《せお》った珠久美は、肩越しに答える。

「東海道《とうかいどう》を来るはずのお前さんが、一向《いっこう》に姿を見せないんで、頭領《とうりょう》は、街道口や湊《みなと》に四忍《よにん》の見張りを立てた。お前さんの顔を知っている下忍《げにん》たちを、ね」

「ふむ……麗蘭《リーラン》を運んでいた四忍だな」

竜之介は、陸尺《ろくしゃく》や警固《けいご》の武士に化けていた者たちを、思い出していた。

「そうとも」と珠久美。

「さらに、頭領は万が一のことを考えて、お新という娘を、これから行く場所に移したのさ」

「風魔一族は、大勢の美女を集めてどうするつもりだ。何か、大きな目的があるのだろう」

「ふふふ。それは、後で教えてやるよ」

そう言って、珠久美は足を速める。

「――信用できるのでしょうか、あの者」

霖之丞が、竜之介の耳に囁《ささや》きかけた。

「今は、信用するしかあるまい」

これが罠《わな》だったとしても、それを嚙《か》み破れば、お新に関《かか》わる新しい情報が得られかも知れない。

（上様から、風魔一族を誘き出す的《まと》になるようにと、命じられたのだからな……わしは、危険を厭《いと》うわけにはいかん）

そう考えた時、竜之介は、左肩に小石が当たるのを感じた。

左の方を見ると、農道の脇の繁《しげ》みの蔭《かげ》に、蹲《うずくま》っている者がいた。

甲賀《こうが》同心見習いで、蔭供《かげとも》の花梨《かりん》である。

風魔一族の情報を集めるために、大坂に着いた昨日から単独行動をしていたはずだが、ようやく、竜之介の前に姿を見せたのだ。

「……………」

竜之介は、袂《たもと》から丸めた紙を取り出した。

珠久美が忍者装束《しょうぞく》から物売りの姿に着替えている間に、密かに手紙を書いておいたのであった。

その丸めた紙を、竜之介は手を動かさずに親指だけで、ぽんっと弾《はじ》き飛ばす。

放物線を描いて飛んだ紙は、見事に、花梨の手の中に納まった。

竜之介たちが通り過ぎてから、花梨は、その手紙を広げる。

「へ？」

花梨は、首を捻《ひね》った。

「薬種《やくしゅ》店にて木天蓼《もくてんりょう》を用意すべし……なんのこっちゃ」

五

深い木立《こだち》の中を抜けた先に、その廃屋《はいおく》はあった。

元は武家の屋敷だったのだろうが、今は塀《へい》も崩《くず》れて、庭には雑草が生《お》い茂《しげ》っている。

荒れ果てた母屋《おもや》の雨戸《あまど》や窓は、全《すべ》て閉じられていた。

塀の崩れたところから、珠久美は中へ入った。松平竜之介と日向霖之丞も、それに続く。

庭を横切って母屋に近づいた珠久美は、人差し指を唇に当てた。

「そっと、あたしの後についいて来るんだ。いいね」

小声でそう言うと、苦無《くない》を使って雨戸の一枚を音もなく外《はず》す。

その間、霖之丞は、周囲を油断なく見まわしていた。伸びた雑草の蔭《かげ》に、伏兵《ふくへい》の気配は感じられない。

竜之介は、何事か考えこんでいた。

「さあ」

外した雨戸を脇へ立て掛けて、珠久美は顎《あご》をしゃくった。

「うむ……」

珠久美を先頭にして、三人は真っ暗な屋内へ入る。

外から差しこむ光で見ると、そこは十畳《じょう》ほどの座敷であった。

舞い上がった埃《ほこり》が、闇《やみ》の中に白く光る。何か、獣物《けだもの》のにおいがした。

突然、どんっと音が響いて、屋内は真っ暗になった。

分厚い大戸《おおど》のようなものが下りて、入って来たところを塞《ふさ》いだらしい。

「これはっ」

仰天《ぎょうてん》しながらも、霖之丞は大刀《だいとう》の柄《つか》に手をかける。

「あっははははっ」

闇の奥から、勝ち誇った珠久美の笑い声が聞こえてきた。

「松平竜之介、ここが貴様の死に場所だっ」

「おのれっ」

霖之丞は、大刀の小柄《こづか》を抜いた。珠久美の声のする方へ、それを打つ。

「無駄だ、無駄だ」珠久美は嘲笑《ちょうしょう》する。

「それに、貴様たちの相手をするのは、あたしじゃないよ」

「ぬっ」

脇差を抜き放った竜之介は、見た。闇の中に、無数の眼が光っているのを。

それは、猫の眼であった。

「いかに剣の達人といえども、百匹の猫に一斉《いっせい》に襲いかかられては、防ぎようがあるまい」

猫の群れが、威嚇《いかく》の鳴き声を上げる。

「しかも、その猫どもの爪《つめ》には銀波布《ぎんはぶ》の猛毒が塗ってある。引っかかれただけで、あの世ゆきよ」

銀波布とは、八丈《はちじょう》島の地獄谷《じごくだに》の洞窟《どうくつ》にだけ棲《す》んでいるという、猛毒の蛇《へび》であった。

「これが、あたしの〈銀猫〉の異名《いみょう》の由来よ……念仏でも唱《とな》えるがいい、竜之介」

「竜之介様、このままでは……」

女兵法者《おんなひょうほうしゃ》が、絶望的な声音《こわね》で言う。

「むむ……間に合わなかったか」

竜之介は無念そうに、呟《つぶや》いた。

「え？」

何が間に合わなかったのか——と霖之丞が訊《き》こうとした時、

「かかれっ」

珠久美が、毒猫軍団に命じた。

その瞬間——ばりばりと凄《すご》い音がして、天井板が割れた。そして、何かが畳の上に落ちてくる。

屋根と天井が破壊されたので、そこから陽光が差しこみ、室内が明るくなった。

落ちて来たのは、花梨であった。腐《くさ》った屋根を踏み抜いたのである。

「いててて……」

臀餅《しりもち》をついた花梨の帯に結びつけた袋の口が、開いている。

そして、中身の粉は落下の途中に飛散していた。

陽光の中で、舞い上がった大量の埃《ほこり》に混じって、その粉は朦々《もうもう》と拡散している。

「こ、この粉は……ごほっ、ごほっ」

霖之丞は、咳《せ》きこむ。

「——」

竜之介の方は、花梨が落下して来たと見た瞬間に、袂《たもと》で鼻と口を覆《おお》っていた。奇怪《きかい》なことに、先ほどまで殺気立っていた毒猫軍団は、甘えた声を出して、寝転がってしまう。まるで、酔っ払いであった。

「これは何としたことだっ」

攻撃性を失った猫軍団の向こうで、珠久美は狼狽《うろた》える。

「猫どもが寝てしまうとは？」

「残念だったな、珠久美」と竜之介。

「先ほど、お前の乳房を握ったわしの手に、猫の毛がついていた。それで、お前は猫使いに違いないと考えて、この者に〈またたび〉の粉を用意させたのだ」

またたびは、日本全土に分布する落葉蔓《つるせい》性植物だ。夏梅《なつうめ》とも呼ぶ。秋に楕円《だえん》形の実をつけて、これは木天蓼という生薬《しょうやく》になる。神経痛や冷え性などに、効果があるという。

そして、またたびに含まれているマタタビラクトンは、猫科の動物にとって強い酩酊《めいてい》作用があるのだ。

銀猫の珠久美が飼っている毒猫軍団も、座敷の中に濃厚に広がったまたたびの粉を吸いこんで、陶酔《とうすい》してしまったのだ。

人間で言えば、猫にとってのまたたびは、酒よりも麻薬に近いのである。その効力は四半刻《しはんとき》――三十分ほど続く。体力がなかったり、老齢の猫の場合は、死亡することもあるという。

これまで、暗闇の密閉空間に閉じこめて毒猫軍団に襲わせる――という珠久美の罠《わな》から逃れた者はいない。

しかし、今回は、閉ざされた空間であったがために、猫軍団は一匹残らず、またたびの粉の洗礼を受けてしまったのだ。

もしも、広い草原で竜之介たちを襲ったら、またたびの粉も、ここまで効力を発揮できなかっただろう。

策士《さくし》、策に溺《おぼ》れる――であった。

「くそっ」

珠久美は、煙玉を畳に叩きつけた。閃光《せんこう》とともに、派手に白煙が広がる。

「まずい、逃げろっ」

花梨は、雨戸に体当たりした。運良く、その雨戸には仕掛けがなかったらしく、花梨と一緒に外へ倒れる。

霖之丞も、そこから外へ飛び出した。それから、はっと気づいて、

「竜之介様、竜之介様っ」

「馬鹿と…じゃなかった、若殿っ」

母屋の中に向かって、二人は叫んだ。

竜之介は白煙から逃げるのではなく、その中へ飛びこんでいた。

逃げようとした珠久美を、背後から羽交《はが》い締《じ》めにしている。

「逃さぬぞ、珠久美っ」

「ええいっ、放せ、放せというのにっ」

揉《も》み合いながら、二人は、壁に激突した。

すると、その壁の一部が、くるりと垂直に回転する。仕掛け壁だったのだ。

竜之介たちは、壁の向こうの隠し部屋に転げこんで、倒れてしまう。女笠の紐《ひも》が切れて、吹っ飛んだ。

回転した壁は、ぴたりと元のように閉じたので、白煙は入ってこない。

隠し部屋は六畳の広さの板の間で、柱に南蛮《なんばん》製のランプが架けてあった。

竜之介は、珠久美の大きな乳房を両手で摑《つか》んだままで、軀《からだ》を密着させていた。

「放せ、こいつ……………あ、ああァんっ」

いつの間にか、珠久美は、甘い喘《あえ》ぎを漏《も》らしてしまう。

竜之介の屹立《きつりつ》した凶器が、着物越しに女忍《くのいち》の臀《しり》の割れ目にくい込んでいた。

「男と女は、殺し合うのではなく睦《むつ》み合うものだぞ、珠久美」

竜之介は、いたこ髷《まげ》を結《ゆ》った珠久美の耳朶《じだ》を、甘噛《あまが》みしてやる。

「はうっ」

稲妻のような快感が走って、珠久美の軀から力が抜けてしまった。

竜之介は、珠久美の着物の裾《すそ》を捲《まく》り上げ、その下に締めた真紅《しんく》の女下帯《おんなしたおび》も解《ほど》き去った。

そして、自分の着物の前を開くと、下帯の脇から逞《たくま》しい男根を掴み出した。

珠久美の珊瑚《さんご》色をした花園を、その巨根で一気に貫《つらぬ》く。

「……アアアっ！」

あまりにも圧倒的な質量の男根に、女壺《にょつぼ》の奥の院まで突入されて、珠久美は悲鳴を上げた。

処女ではなかった。その肉体は、十分に熟《う》れている。

竜之介は結合したままで、片膝立ちになった。そして、犬這《いぬば》いにした珠久美を、背後から責める。

さすがに鍛《きた》え抜いた女忍の括約筋《かつやくきん》の味わいは、上等であった。

昨夜のお松のような初々《ういうい》しさはないが、珠久美の意志とは無関係に、肉体の方が巨根の抽送《ちゅうそう》に反応してしまう。

「お、お前なんかに……う、ううっ」

珠久美は唇を噛んだ。

ほとんど前戯《ぜんぎ》なしで長大な男根で抉《えぐ》られた苦痛と、その摩擦《まさつ》がもたらす快感が綯《な》い交《ま》ぜになって、珠久美は牝犬《めすいぬ》のように臀を蠢《うごめ》かしてしまう。

「あァ……こんなの初めてだよォォ……」

珠久美は、身も世もない悦声《よがりごえ》をあげている。

苦痛すらも快感の中に溶けこんで、女悦《にょえつ》を倍増させていた。

「どうして、こんなに……駄目《だめ》っ、もっと深く突いてっ」

竜之介が浅く動かすと、女忍は臀を突き出して、貪欲《どんよく》に男根を呑みこもうとする。

「じ、焦《じ》らさないで……でっかい魔羅で…死ぬまで責めてぇっ」

「それが望みとあれば、是非もない」

竜之介は改めて、引き締まった臀の双丘《そうきゅう》を、両手で鷲《わし》づかみにした。

「それっ」

ずずんっ……と突いた。女忍の喉《のど》の奥から、叫び声が飛び出す。

「まだ、まだ。本当の責めは、これからじゃ」

竜之介は、嵐のように突きまくった。

被虐《ひぎゃく》の悦《よろこ》びに目覚めた残虐な女忍の最も柔《やわ》らかい部分を、責めて責めて責めまくる。

「あひぃぃ――っ……い、逝《い》ぐぅぅぅっ……」

錯乱《さくらん》したかのように、珠久美は叫んだ。

六

「あ、竜之介様っ」

日向霖之丞が、嬉しそうに叫んだ。

母屋《おもや》の中から、松平竜之介が珠久美を連れて出て来たのだ。

「あっ、あいつめっ」

花梨は、目を三角にして怒る。

珠久美が、竜之介の腕にすがりついていたからだ。どう見ても、捕《と》らえられた者のすることではない。

そして、へなへなと消耗《しょうもう》しきったように地面に座りこんだ。

「さあ、珠久美」竜之介は言った。

「今度こそ、お新の本当の居場所を教えてくれるだろうな」

「……………」

珠久美は、竜之介を見上げた。そして、不意に跳躍《ちょうやく》する。

栗の木の枝に、珠久美は飛び乗った。が、腰がふらついてしまう。

竜之介は黙って、栗の木を見上げた。

もはや敵対していないことを、竜之介は、珠久美の肉体の反応から確信している。

樹上の珠久美は、竜之介を睨《にら》みつけながらも、

「お新という娘は、中之島《なかのしま》の蔵屋敷のどれかに監禁《かんきん》されている……あたしが知っているのは、それだけだっ」

「よくぞ、教えてくれたな。礼を申すぞ、珠久美」

「ちっ」

竜之介を睨もうとしながらも、珠久美は、頰《ほお》が赤く染まって目が濡《ぬ》れるのを止

めることが出来ない。

懐《ふところ》から、液体の入ったギヤマンの小瓶《こびん》を取り出して、

「こいつは、銀波布《ぎんはぶ》の毒消しだ。猫の爪《つめ》を、この毒消し汁で拭《ぬぐ》うと、安全になる」

たしかに爪に猛毒を塗った猫を百匹も操《あやつ》るのは、毒消し無しには危険過ぎるだろう。

珠久美は、その小瓶を竜之介に向けて放った。受け取った竜之介は、微笑《ほほえ》んで、

「あの猫たちを放置すれば、この辺りの者たちが害を受ける。わしは、そなたの気づかいを嬉しく思うぞ」

「……………」

許されぬ思いを断ち切るように、珠久美は、母屋の屋根の向こうに跳躍して去った。

「蔵屋敷の話は本当でしょうか。また、この銀猫屋敷と同じく、罠《わな》では」

訝《いぶか》しげに、霖之丞が言う。

「女忍《くのいち》から一人の女に戻ったのだ……嘘は言うまい」

竜之介は断言した。

「はあ？」

ますます、怪訝《けげん》な面持《おもも》ちになる霖之丞であった。

「なんで、あいつ、腰がふらついてたんだろう……」

花梨は、珠久美の去った方角を眺めながら、首をかしげる。

第六章　蔵屋敷の対決

一

水都・大坂《おおさか》では、大川《おお》に架かる天満《てんま》橋、天神《てんじん》橋、難波《なにわ》橋を、三大橋と呼んでいる。

この中で天神橋が最も大きく、長さ百三十七間《けん》四尺《しやく》――二百五十・二メートルであった。長さ百十四間という江戸《えど》の永代《えいたい》橋を抜いて、日本最大の橋なのである。

後世の童唄《わらべうた》に、「天神橋長いな、落ちたら怖いな」と歌われるほどだ。

橋の南詰《みなみづめ》は京橋《きようばし》、北へ行けば天満天神社があり、終日、人の流れが絶えない。東を見れば天満橋、西を見れば難波橋と巨大な中洲である中之島《なかのしま》があり、まことに眺めが良い。

松平竜之介《まつだいらたつのすけ》が、銀猫《ぎんねこ》の珠久美《すくみ》を巨砲で成敗《せいばい》した翌日の午後――担《かつ》ぎ商《あきな》いの商人が、天神橋の西側の欄干《らんかん》に寄りかかり、煙草《たばこ》を喫《す》っていた。

のんびりと難波橋の方を眺めているように見えるが、その唇はかすかに動いている。

〔お支配。まだ、風魔《ふうま》一族の隠れ家《が》は見つかりません〕

特定の人間にしか聞こえない特殊な話法で、喋《しゃべ》っているのだ。

〔そうか、ご苦労。引き続き、探索しろ〕

姿の見えない相手が、そう答えた。

〔はっ〕

欄干で雁首《がんくび》を叩いて、商人は、煙管《きせる》をしまった。風呂敷包みを揺すり上げて、北の方へ渡ってゆく。

商人が休んでいた欄干の下——その橋桁《はしげた》の奥に、二つの人影がある。

甲賀百忍組《こうがひやくにん》を支配する沢渡日々鬼《さわたりひびき》、そして、孫娘で見習い女忍《くのいち》の花梨《かりん》であった。

橋の上の商人と話していたのは、この日々鬼なのであった。

花梨が御用船〈黒潮丸《くろしお》〉で大坂に着くのと前後して、日々鬼の率いる甲賀同心たちも、密《ひそ》かに大坂入りしていたのである。

橋の下を通ってゆく船からは見えない位置に、二人はいた。

墨色《すみ》の忍者装束《しょうぞく》を纏《まと》った日々鬼は、橋桁の横木に胡座《あぐら》を掻《か》いている。

花梨は、幼児のように橋桁に跨《また》がっているので、藍《あい》色の木股《きまた》に包まれた股間《こかん》が、丸見えであった。

腕組みをした白髪の老忍者は、下流にある中之島の全景を眺めながら、

「あの中之島にある諸大名の蔵屋敷は、四十……そのどれかに風魔一族の巣があり、お新《しん》様が捕《とら》われているというのだが……」

大名が年貢米《ねんぐまい》を市場で金に換えるために、船で領地から運んだ米を貯蔵しておく建物が、蔵屋敷であった。

大坂には、元禄《げんろく》年間で九十以上、現在では百三十以上の蔵屋敷がある。

特に、中之島には、金沢《かなざわ》藩百万石《ごく》の前田《まえだ》家、福岡《ふくおか》藩五十二万石の黒田《くろだ》家、徳島《とくしま》藩二十五万石の蜂須賀《はちすか》家などの雄藩《ゆうはん》が、蔵屋敷を構えていた。

風魔五忍《ごにん》衆の一忍・銀猫の珠久美の言ったことが本当なら、この蔵屋敷のどれかに、お新が捕われているのだ。

「ええいっ、じれったいなあっ」

両足をぶらぶらさせていた花梨が、

「早く、お新姐《ねえ》ちゃんを助けに行こうよ、爺《じい》ちゃん。片《かた》っ端《ぱし》から、忍びこんでみ

ればいいじゃないかっ」

「焦《あせ》るでない、花梨。甲賀忍びは、どんな時も冷静さを忘れぬものぞ。そのようなことで、一人前の甲賀同心になれるか」

「うん……」

祖父に諭《さと》されて、花梨は項垂《うなだ》れる。それを見た日々鬼、微笑して、

「花梨。お護《まも》りは、大切に持っているか」

「へへ、これだね」

花梨は、首から下げた掛け護りを出して見せた。

「――」

それを見つめる日々鬼の眼が一瞬、険《けわ》しくなり、すぐに柔和《にゅうわ》になった。

「それは……お前の母の形見《かたみ》じゃ。決して、なくすでないぞ」

「わかった」

花梨は大事に、懐《ふところ》にしまいこむ。

「ところで――」と日々鬼。

「竜之介様は、どうしておられるのかな」

二

大坂西町奉行所——その奉行役宅の奥座敷前の廊下に、女中たちがずらりと並んで座っていた。

「……………」

素《そ》知らぬ顔で庭の方を向いている女中たちだが、実は——誰もが聞き耳を立てながら、もじもじと臀《しり》を蠢《うごめ》かしていた。

色っぽい喘《あえ》ぎ声が、障子《しょうじ》を閉め切った奥座敷から洩《も》れて来るからだ。

座敷の中では、松平竜之介と日向霖之丞《ひゅうがりんのじょう》が、夜具の上で正常位で激しく交《まじ》わっている。二人とも、全裸であった。

「ああ……あァァんっ」

悦《よ》がりながら、霖之丞が、逞《たくま》しい男の背中に爪《つめ》を立てる。

竜之介は苦笑しながら、

「おいおい、爪を立てるな」

すると、目を開いた霖之丞、きっと彼を睨《にら》みつけた。

「竜之介様、あの珠久美とかいう風魔の女忍《くのいち》を……抱いたのですねっ」

「え」

「わたくしは一晩中、考えてみました……そうでなければ、あれほどの忍術者《にんじゅつしゃ》が、お新様の隠し場所など、素直に教えるわけがありませんっ」

まさに、どんぴしゃり、その通りであった。

あの時——廃屋《はいおく》の隠し部屋の中で、珠久美は四《よつ》ん這《ば》いの姿勢で、竜之介の巨根に激しく犯されて、正気《しょうき》を失った者のように悦《よ》がりまくり、改心したのであった。

無論、「女は斬《き》らぬ」と刀を納めた男気も、珠久美の心を蕩《とろ》かしたのである。

有《あ》り体《てい》に言えば、珠久美は、男の中の男である松平竜之介に惚《ほ》れてしまったのだ。

「いや、それは…」

竜之介が、どう弁解しようか——と迷っていると、

「悔《くや》しいっ」

竜之介の耳朶《じだ》に、霖之丞は嚙《か》みつく。

「痛たっ」

「痛いように嚙んだのだから、痛くて当たり前ですっ」

女兵法者《おんなひょうほうしゃ》は謝りもせずに、言い放った。

「こんなに立派なお道具で、あんな女忍のあそこを貫《つらぬ》いて歓《よろこ》ばせるなんて……竜之介様ったら、本当に……突いてっ」

嫉妬《しっと》をぶつけているうちに、霖之丞は性的にも昂《たか》ぶってきたらしく、自分から臀を激しく動かす。

「今は、わたくしだけを見て、滅《め》茶《ちゃく》苦茶《ちゃ》に犯してくださいなっ」

「よし、よし」

竜之介は、嵐のように腰を動かした。

官能の海に溺《おぼ》れた霖之丞は、たちまち女悦《にょえつ》の頂点に駆け上る。

竜之介は精を放った。連日の媾合《こうごう》が嘘のように、大量に聖液を吐出《としゅつ》させる。

熱い溶岩流を奥の院に浴びせられて、汗まみれの霖之丞は、女壺《にょつぼ》を痙攣《けいれん》させた。

二人は合体したままで、しばらくの間、余韻《よいん》を愉《たの》しむ。

「っ！」

竜之介が、いきなり、枕元の大刀《だいとう》を摑《つか》んだ。

その柄《つか》に、ぴしっと細い針手裏剣《はりしゅりけん》が突き刺さる。

竜之介は表情を引き締めて、天井を見上げた。

「わかったのか、お新の隠し場所がっ」

天井の隅の板をずらして、そこから、花梨が逆《さか》さに顔を出している。

「おうっ、当坊《あたぼう》よっ」

三

大川の下流にあり、堂島《どうじま》川と土佐堀《とさぼり》川に挟《はさ》まれた中之島は、東西三キロの細長い中洲である。

その西端は尖《とが》っていて、「中之島の鼻」と呼ばれていた。

鼻の根元の辺りから土佐堀川に架かる橋が、湊橋《みなと》であった。

「あれか」

その日の夜更《よふ》け――松平竜之介は、湊橋の南の袂《たもと》に立っていた。

「お新が捕《と》らわれている、風魔一族の巣は」

その両眼には、お新を奪い返すためならば、鬼神《きじん》でも倒す――という強い意志の光がある。

「はい、間違いございません。あの鼻にある蔵屋敷に出入りしている商人や人足《にんそく》などは皆、風魔一族の変装でございます」

沢渡日々鬼が答えた。

二人の後ろには、日向霖之丞と花梨も控えている。花梨は、背中に革袋を背負《せお》っていた。

土佐堀沿いの通りには、他に人影はない。

「どこの藩の蔵屋敷だ」

「いえ、それが貸蔵《かしぐら》でございまして」

「貸蔵？」

大名が、自分の蔵がいっぱいの時に、一時的に借りる蔵のことである。掛屋敷《かけやしき》ともいう。

蔵米の流通と販売を行う商人を、大坂では〈蔵元〉と呼んだ。

この中之島の鼻の貸蔵は、蔵元の豪商である〈辰巳屋《たつみ》〉の持ち物だという。

「今は、名古屋《なごや》の〈藤屋《ふじ》〉という米商人が借りております。先月までは、薩摩藩《さつま》が借りていたそうですが」

「薩摩……七十三万石《ごく》の島津《しまづ》家だな」

「ここが――」

日々鬼は後ろを向いて、大きな屋敷を指さした。

「薩摩の中屋敷で、上流の越中橋《えっちゅう》の袂にあるのが、上屋敷でございます。さらに、上屋敷の南の方に濱《はま》屋敷、それと立売掘《いたちぼり》川の新《しん》橋の袂に下屋敷がございますな」

「それだけ蔵屋敷があるのに、さらに商人の蔵まで借りていたというのか」

「左様で」

白髪の老忍者は、頷《うなず》く。

「ふうむ……」竜之介は少し考えてから、

「とにかく今は、藤屋と称する店の者がおるわけだな」

「番頭や丁稚《でっち》小僧、人足に化けた風魔が、七、八名です」

「で、こちらは」

竜之介がそう問うと、日々鬼が、さっと右手を上げた。

すると、夜の闇《やみ》の奥から、十名ほどの忍び者が、音もなく姿を現す。

「この他に、橋の向こうで、十名ほどが見張りをしております」

「なるほど……これは頼もしいな」

ようやく、竜之介は笑みを浮かべる余裕が出来た。

「では、竜之介様。参りましょう――」

沢渡日々鬼を先頭にして、竜之介たちは湊橋を渡る。

辰巳屋の貸蔵は、千坪《つぼ》ほどの広さであった。東側に表門、西側に水門があり、ここから川の水を引きこんだ内堀がある。

これは〈船入《ふないり》〉と呼ばれる施設で、廻船《かいせん》から下ろした米俵《こめだわら》を積んだ上荷《うわに》船が、ここへ出入りするのだ。

米俵は仲衆《なか》という人足が船から下ろして、地面に山なりに積み上げる。

そして、三日ほどそのままにして、湿気をとる。

乾いた米俵は、土蔵にしまい込まれた。

ひとつの俵には米が四斗《と》、入っている。重量にして、約六十キロだ。

仲衆には力持ちが多く、一度に二俵《ひょう》を肩に乗せる者は普通であった。三俵から五俵を担《かつ》ぐ者もいるという。

この貸蔵は三方を水に囲まれているから、風魔一族としては守りやすい。

攫《さら》われた娘が逃げ出そうとしても、難しいだろう。

竜之介たちは、北側の中門の脇に潜《ひそ》んだ。

「日々鬼。どうやって、忍びこむのだ」

「お待ちを」

そう言って、日々鬼が手で合図すると、蔵屋敷の塀《へい》の角にいた甲賀同心が、それを次の者に手で伝える。

ややあってから——突如《とつじょ》、どーんという重々しい音が響きわたった。

それから、ざーっと豪雨のような音がする。

「何だ、今の音はっ」

「越中橋の方で、何かが爆発したようだぞ」

「凄《すご》い水柱《みずばしら》が上がったそうだっ」

「雷が落ちたんじゃないのか」

口々に叫びながら表門から男たちが飛び出して行った。他の蔵屋敷からも、中間《ちゅうげん》などが飛び出して来る。

「陽動策《ようどうさく》が成功しましたな。越中橋から川へ、竹筒《たけづつ》に入れた破裂弾《はれつ》を投げこませましたので」

日々鬼が、小声で竜之介に説明した。

その時、中門の潜《くぐ》り戸《ど》が内側から開く。

「お支配、今です」

内部へ侵入していた甲賀同心が、言った。

「よし」

日々鬼と竜之介たちは、その潜り戸から蔵屋敷へ忍びこむ。

土蔵は三棟《むね》であった。

竜之介と霖之丞、花梨は、手前の蔵の入口に貼りついた。

二番目と三番目の蔵には、甲賀同心が二人ずつ、向かった。

日々鬼は、残りの者を率いて、屋敷内に散る。

「錠《じょう》がかかっているな」

両開きの扉には、海老《えび》錠がかかっていた。

「任せてよ」

花梨は革袋から、甲賀の忍具である解錠器を取り出した。

それを使って、すぐに海老錠を開いてしまう。

重い扉を開いて、竜之介たちは、中へ入った。花梨が、柱の掛行灯《かけあんどん》をともす。

通路の両側に、米俵が山なりに積み上げてあた。

八段に積んであるので、人の背よりも遥《はる》かに高い。

梯子《はしご》を掛けたり、仲衆が米俵に直《じか》に乗ったりして、このように積み上げるのである。

通路の奥は、行き止まりの壁だ。

「妙だな」と竜之介。

「外から見た感じでは、この米蔵は、もっと奥行きがあるはずだが……」

伊賀《いが》同心の出の霖之丞が、壁の柱を調べる。

「竜之介様。ここに仕掛けがあるようです」

女兵法者《おんなひょうほうしゃ》が柱の一部を押すと、くるりと半回転した。

内部に隠されていた鉄環《てつかん》が見えた。その鉄環には、鎖《くさり》が付いている。

「うむ、これか」

竜之介が、その鉄輪を摑《つか》んで、手前に引いてみた。ずるずると鎖が長く伸びる。

すると、壁の畳一枚分ほどが、引戸のように横に移動して、入口が出来た。

その入口から、地下へ続く階段が見える。

階段の奥の闇の中から、女の啜《すす》り泣きが聞こえて来た。

「泣いてる。奥に女がいるんだっ」

花梨が言って、革袋から龕灯《がんどう》を取り出した。

それを手にした花梨を先頭に、竜之介たちは階段を下りる。

「珠久美《すくみ》の申したことは、本当だったのだな」

竜之介が、呟《つぶや》くように言う。

お新に再会できるという嬉しさで、心の臓が高鳴ってきた。

下りた場所の両側が、小伝馬町《こでんま》の牢獄《ろうごく》のような造りになっていた。太い木の格子《こうし》で、仕切られている。

左側の牢は空で、右側の牢の中に、六人の娘が閉じこめられていた。皆、下裳《したも》一枚の半裸だった。

おそらく、万が一の逃亡を防ぐための措置《そち》なのだろう。

若い娘が下裳だけの格好《かっこう》では、この米蔵から逃げ出したとしても、表の通りには出られない。

「あっ」

龕灯の光に怯《おび》えて、娘たちは、牢の奥へ退《さ》がった。

「安心しろ」竜之介は声をかける。

「お前たちは、忍《しの》び者《もの》に攫われた者たちであろう。わしらは、お前たちを助けに来たのだ」

「ええっ」

娘たちは、驚きの声を上げる。

「本当でございますか、お武家様っ」

花梨が、例の忍具《にんぐ》で、牢の海老錠を手早く開けた。

「――」

竜之介と霖之丞は、刀の柄《つか》に手をかけて、周囲を見張る。

「わあっ」

狂喜して、半裸の娘たちは牢から飛び出して来る。

自由の身になったという感激のあまり、羞恥心《しゅうちしん》も忘れて、竜之介に抱きついた。

娘たちの剝《む》き出しの乳房が、竜之介の胸や腕や背中に押しつけられる。

「こ…これこれ」竜之介は辟易《へきえき》した。

「離れるのだ、そのような事をしている場合ではない」

それを見て、霖之丞と花梨は、むっとする。

「お新はどこだっ、お新はおらんのかっ」

娘たちを押しのけて、竜之介は叫んだ。

「お新はん？」

半裸の娘たちが、顔を見合わせた。

「そないなお人、ここには、おりまへんわ」

「うん。知らんなあ」

それを聞いた竜之介は、顔色を変える。

「何だとっ」

霖之丞も、花梨も驚いた。

「やはり、あの風魔女忍《くのいち》の言ったことは、嘘だったのではありませんか」

「……………」

竜之介は唇を嚙《か》んだが、

「とにかく、この娘たちを安全なところへ連れてゆかねば。さあ、こっちだっ」

お新の行方《ゆくえ》も重要だが、この何の罪もない娘たちを保護することもまた、大切なことであった。

竜之介を先頭にして、一同は階段を上る。

「むっ」

壁の入口から米蔵に出た竜之介は、立ち止まる。

通路の向こうに、若い男が立っていた。

海老茶色の忍び装束《しょうぞく》を着て、真紅《しんく》の襟巻《えりまき》を垂《た》らしている。多々良《たたら》岩山《がんざん》や銀猫《ぎんねこ》の珠久美と同じ装束であった。

「風魔かっ」

鋭《するど》い口調で、竜之介は問うた。

「ふふふ……」男は嗤《わら》う。

「風魔五忍《ごにん》衆が一忍《いちにん》、御母衣兵部《みほろひょうぶ》だ」

「竜之介様っ」

背後の霖之丞が、

「やはり、これは、あの女忍の罠《わな》だったのですっ」

兵部は、腰の忍び刀を抜き放った。

「ここが、貴様らの死に場所になるのだっ」

四

松平竜之介たちの背後は地下牢《ろう》だから、そちらへ戻れば、閉じこめられてしまう。

しかし、この土蔵のただ一つの出入り口の前には、御母衣兵部が立ち塞《ふさ》がっているのだ。

この敵を倒さなければ、ここから脱出できない。

蔵の外でも、風魔忍者と甲賀同心たちの戦闘が、起こっているようであった。

外からの援軍は難しいであろう。

「松平竜之介っ」

竜之介に向かって、兵部は突進して来た。

「地獄へ堕《お》ちろっ」

「むっ」

竜之介は、抜き合わせる。

がっと両者の刃《やいば》が激突した。火花が散る。

「………」

階段の前で、霖之丞と花梨が、竜之介の闘《たたか》いを見守っていた。

さらに、二度、三度と両者の刃が撃ち合った。

兵部が、上段に構え直そうとした時、竜之介は、さっと横薙《よこな》ぎを繰り出す。

兵部の刀は、払い飛ばされた。

その忍び刀は、最上段の米俵《こめだわら》に突き刺さって、斜めに垂《た》れ下がる。

「わ、わわっ」

怯《ひる》んだ様子で、兵部は後退した。

「どうした、口ほどにもないっ」

素《す》早く前進すると、竜之介は、大刀《だいとう》の峰を返した。

峰打ちにして、お新の居場所を吐《は》かせよう――と考える。

その瞬間、びしっ、と何かが竜之介の左肩を切り裂《さ》いた。

「なにっ？」

咄嗟《とっさ》に、竜之介は後方へ跳ぶ。

若竹色の小袖《こそで》の左肩が裂けて、血が滲《にじ》んでいる。

いつの間にか、兵部は、右手に革製の長い鞭《むち》を構えていた。

その鞭は、三メートルから四メートルほどもある。

「あ、南蛮《なんばん》鞭っ」

花梨が叫んだ。

兵部は左手で、腰の後ろから第二の鞭をゆっくりと取り出す。

「ふふ、愚《おろ》か者《もの》め」兵部は嘲笑《ちようしよう》した。

「刀は誘いよ。俺の本当の武器は、この二本の鞭だ」

「むむ……」

竜之介は唸《うな》った。

南蛮鞭を持った敵と闘うのは、初めての体験である。

しかも、相手の鞭は一本ではなく、二本なのだ。

「名づけて――風魔双条鞭《そうじょうべん》っ」

御母衣兵部は、左右の南蛮鞭を自由自在に扱って、

「我が鞭を、とくと味わえっ」

負傷した竜之介を、攻撃する。

上段にある米俵の一つが裂けて、小さな白い滝のように、ザーッと米が流れ落ちた。

「きゃあっ」

「厭《いや》アっ」

兵部の出現に驚愕《きょうがく》して、硬直したようになっていた半裸の娘たちは、夢から醒《さ》めたように悲鳴を上げて左右に逃げまどう。

「うっ」

右腕を斬《き》り裂かれた竜之介は、大刀を取り落とした。

その大刀は、すぐには拾えないところまで転がってしまう。

「竜之介様っ」

「こんちきしょうっ」

抜刀《ばっとう》した霖之丞と八方手裏剣《はっぽうしゅりけん》を構えた花梨が、ほぼ同時に、竜之介の左右から、前へ出ようとした。だが、

「しぇいっ」

兵部の双条鞭が、左右とも独立した生きもののように走った。

霖之丞の右肩と花梨の右手首を、痛打する。

「あっ」

「痛てえっ」

二人とも、刀と手裏剣を取り落としてしまう。

「ふはははは、岩山も珠久美も、こんな腑《ふ》抜《ぬ》けどもに敗れたとはなっ」

兵部は得意の絶頂であった。

「どうした。風魔五忍衆で最強のこの兵部様には、やはり手も足も出ぬのかっ」

「ううっ……」

左手で右肩を押さえて、霖之丞は唸る。

「あんな女忍《くのいち》の言うことを信じたばっかりに……無念っ」

勝ち誇った兵部は、ひゅるるっと双条鞭をうねらせて、

「茶番は終わりだ。三人そろって、くたばれっ」

竜之介を攻撃しようとした瞬間、兵部の右斜め前の米俵が、どっと崩《くず》れて来た。

「な、なんだっ」

鞭が二本とも自由にならないと思ったら、その先端が、崩れた米俵の下敷きになっているのだった。

「しまったっ、鞭が動かぬっ」

兵部が狼狽《うろた》えた、その隙《すき》を見逃さずに、竜之介は米俵を踏み台にして、蹴《け》った。

高々と跳躍《ちょうやく》して、最上段の俵に突き刺さっていた兵部の忍び刀を引き抜く。

そして、それを空中で投げつけた。

「うわあっ」

左腕に己《おの》れの忍び刀が刺さった兵部は、仰《の》けぞって倒れた。

その拍子《ひょうし》に、米俵の下敷きになっていた双条鞭の先端を、引き抜くことが出来た。

同時に、着地した竜之介は、自分の大刀を拾い上げている。

「くそっ、覚えておれっ」

腕に刺さっていた刀を抜いた兵部は、双条鞭を手にして蔵の外へ逃げた。

竜之介は、米俵の上を見上げて、

「珠久美であろう。よく、助けてくれたな」

「ええっ？」

霖之丞と花梨は驚愕した。

「――」

米俵の上から、銀猫の珠久美が顔を出す。

「た、助けたわけじゃないよ。あたしの言った事を嘘だと思われたら、癪《しゃく》だからさっ」

なぜか、珠久美は、どぎまぎしているようであった。

「しかし、珠久美」と霖之丞。

「大坂の娘たちは捕《と》らえられていたが、お新様は、ここにいなかったではないかっ」

「それは……あたしにも、わかんない」

困惑気味の珠久美であった。

「おそらく――」

竜之介は、拾った大刀を鞘《さや》に納めながら、

「兵部が、ここで我々を待ち伏《ぶ》せをするために、珠久美に嘘を教えていたのだろう。目的をとげるためには仲間すら欺《あざむ》くとは、風魔一族とは恐るべき集団よな」

「あたしの言ったこと、信じてくれたのかい……」

感動した珠久美は、涙ぐんだ。が、急に、ぷいっと顔をそむけて、

「でも、今度会った時には、必ず命を貰《もら》うんだからねっ」

わざとらしい憎《にく》まれ口を叩いて、珠久美は米俵の蔭《かげ》に隠れた。素早く、蔵の外へ去ったらしい。

「でも、若殿」と花梨。

「じゃあ、お新姐《ねえ》ちゃんはどこに？」

「ううむ……」

竜之介は、今、その質問をされるのが、一番、辛《つら》かった。

すると、背後にいた半裸の娘の一人が、

「あの……忍者たちが話しとったんですけど」

「うむ。何と言っていたのだ」

竜之介が優しく、その娘に問い返す。後で知ったのだが、この娘は京《きょう》という名

であった。

「あいつらの頭領《とうりょう》は、大坂で一番偉い人や——と言うてました」

お京は、可愛らしい声で言う。

「大坂で一番偉いだと……」

霖之丞が、眉《まゆ》をひそめた。

竜之介は少しの間、考えこんでいたが、

「そうか、わかったぞっ」

第七章　敵は大坂《おおさか》城

一

「げえっ」

西町奉行・石井豊後守《いしいぶんごのかみ》は、仰《の》けぞらんばかりにして、驚いた。

「大坂御城代の土橋修理太夫《どばししゆりだゆう》様が……偽者《にせもの》ですと？」

深夜──大坂西町奉行の役宅の奥座敷である。

「うむ。その娘が聞いた〈大坂で一番偉い人〉とは、大坂城を預《あず》かる城代しかあるまい」

替えの着物を着た松平竜之介《まつだいらたつのすけ》は、静かに言った。

左肩と右腕の傷は縫合《ほうごう》し、晒《さら》し布が巻いてある。

彼の斜め横に座っている霖之丞《りんのじょう》も、右肩の手当は済んでいた。

竜之介たちは、娘たちを連れて、貸蔵《かしぐら》から西町奉行所へ引き揚《あ》げて来たのだ。

風魔《ふうま》一族が暗躍している以上、娘たちを親許《おやもと》へ戻すことは危険である。

日々鬼《ひびき》たち甲賀《こうが》組とぶつかった風魔下忍《げにん》は、大して闘《たたか》わずに、悉《ことごと》く逃げ去ったという。

「たぶん、風魔乱四郎《らんしろう》が土橋殿を殺害して、密《ひそ》かにすりかわったのだ」

「左様なことが……」

豊後守を、いささか小心《しょうしん》だが好人物と見て、竜之介は、風魔一族の件を打ち明けたのである。

しかし、大坂城代といえば万石《ごく》以上の大名から選ばれ、徳川《とくがわ》幕府の西国《さいごく》に対する押さえとして、防衛の拠点である大坂城を預《あず》かる役職であった。

もしも、西国大名が謀反《むほん》を起こして、大坂城を攻め落としたとしたら、次は、京《きょう》へ侵攻されてしまうだろう。それほど重大な役職なのである。

大坂町奉行は老中の配下であるが、大坂城代は将軍家の直属で、町奉行や堺《さかい》奉行の監督も役目だ。

その人物が偽者にすり替わり、自分の敵になったと知って、豊後守が衝撃を受けるのも無理はない。

「今、甲賀組同心たちに城代の様子を調べさせている。いつでも、与力《よりき》同心や捕方《とりかた》などを総動員できるようにしておいてくれ。東町奉行所は京橋口《きょうばし》にあって、大坂城に近すぎる。直前に、奉行に断りを入れるしかあるまい」

「あの、動員と申されましたが」

異常事態に理解が追いつかないらしく、豊後守は怪訝《けげん》な顔をする。

「今の土橋修理太夫が偽者であると確定したら、夜明けを待って、城代屋敷へ押し入るのだ」

「しかし……御城代のお屋敷は、大坂城の中にございますが」

眉《まゆ》をひそめる西町奉行だ。

「存じておる。だから、我らは大坂城を攻めるのだ」

「そ、それでは、戦《いく》さになってしまいますっ」

豊後守は、悲鳴に近い声を上げる。

「豊後殿」竜之介は、辛抱《しんぼう》強く言い聞かせた。

「大坂城を預かる城代が殺されて偽者になった時から、すでにこれは、御公儀《ごこうぎ》と風魔一族の戦さですぞっ」

「はあ」

ようやく、豊後守は、理解が追いついたようであった。

「しかし、しかしですな。大坂城を攻める我らは、逆賊《ぎゃくぞく》、謀反人となってしまうのでは……」

徳川の武士として、最も恥ずべきことは謀反人扱いされることであった。

謀反人は、一族連座で処刑されて、切腹《せっぷく》することすら許されない。

「心配無用」

立ち上がった竜之介は、黒扇子《くろせんす》をぱっと広げた。黒地に金色の三葉葵《みつばあおい》を見せて、

「我らこそ、まことの徳川軍であるっ」

「はは――っ」

葵の御紋《ごもん》の威光《いこう》に、平伏《へいふく》する豊後守であった。

二

城代屋敷は、大坂城の大手門《おおて》から入って、二之丸《にのまる》の北にある。

「どうじゃ、梢《こずえ》」

その屋敷の寝間《ねま》で、初老の大名が、女を責めていた。

土橋修理太夫である。絹《きぬ》の肌襦袢《はだじゅばん》一枚で、下帯《したおび》は外《はず》していた。仰向《あおむ》けになった全裸の女の胸の上に跨《また》がり、その口に男根を押しこんでいる。

女は、十九か、二十くらいだ。

骨細《ほねぼそ》だが、胸乳《むなぢ》は大きく、臀《しり》の肉づきも豊かであった。恥毛《ちもう》は黒々と密生している。

大柄《おおがら》で小太りの修理太夫は、両手で梢という武家女の後頭部をつかんでいた。そして、黒ずんで染《し》みの浮いた逞《たく》ましい雄物を、無理矢理に喉《のど》の奥に突きこんでいるのだった。

強制口姦である。

「もっと、わしのものを味わうのだ。それ、それっ」

「おぐ……うぐぐ……」

梢は、目に涙を滲《にじ》ませて、くぐもった呻《うめ》きを洩《も》らす。

「そうか、そんなにわしの精が欲しいか。では、くれてやろう……」

大坂城代は、腰の動きを速めた。

「おお、おっ」

臀肉を震《ふる》わせて、修理太夫は放ったようである。

その時——隣の座敷に続く襖《ふすま》の隙間《すきま》から、小さな鼠《ねずみ》が入って来た。

鼠は、吐精している修理太夫の背後を、音もなく走る。

「っ！」

修理太夫は動いた。

夜具の下に手を入れて、そこに隠した短刀を摑《つか》む。

その時には、鼠は障子《しょうじ》の隙間から、廊下へと逃げていた。

「……………」

修理太夫は、短刀から手を放す。

そして、梢に向かって、

「一滴《いってき》残らず、わしの精を飲んだか。飲み干《ほ》したら、浄《きよ》めるのじゃ。舌で、丁寧《ていねい》にな」

そう命令して、また緩《ゆる》やかに腰を動かし始める。

天井の隙間から、その一部始終を見届けた眼があった。

しばらくして——城代屋敷の庭の築山の蔭に、小柄な忍び者が駆けこんで来る。

「久介《きゅうすけ》。首尾《しゅび》はどうじゃ」

そこで待っていたのは、甲賀百忍《ひゃくにん》組支配の沢渡多日々鬼《さわたりひびき》であった。

「たしかに、並の大名ではございません」

久介と呼ばれた甲賀同心は、右手に乗せた鼠を見せる。

「わしの小太郎が、背後を通り過ぎましたら、吐精の途中であるにもかかわらず、素早く動いて夜具の下の武器を摑んだようです」

「ふうむ、男が最も隙の出来る時になあ……御城代が、竜之介様のように兵法《ひょうほう》を極《きわ》めたという話も、聞かぬが」

「しかも、小太郎が廊下に出てしまうと、彼奴は振り向きもせずに、女を甚振《いたぶ》り続けたのでございます」

「では……」

日々鬼は、かっと両眼を見開いた。

「やはり、今の土橋修理太夫は替玉かっ」

三

大坂東町奉行所の奉行役宅――その奥座敷前の廊下に、松平竜之介は、白い寝間着《ねまき》姿で立っている。腰に脇差のみを差していた。

「ううむ……思った通り、修理太夫は偽者《にせもの》であったか」

竜之介の脇に、これも寝間着姿の霖之丞が端座《たんざ》している。

彼らの前の庭に片膝をついているのは、沢渡日々鬼であった。

「それほど腕が立つ者といえば、頭領《とうりょう》の風魔乱四郎以外にはあるまい」

「はっ」日々鬼は頭を下げた。

「大番や加番などの他の役人衆は異常がないようですが、城代の近侍《きんじ》の者は、悉《ことごと》く入れ替わっている様子でございます」

大坂城の二之丸南曲輪《くるわ》には東西の大番衆の小屋があり、本丸の東側には、定番上屋敷と加番小屋がある。

いずれも、城代の指揮下で大坂城を警護する役目であった。

「おそらく、お新様も、城代の屋敷の何《いず》れかに」

「それは、無理に調べずとも良い。かえって、警戒されてしまう」

「はい。わたくしも左様に思いまして、探《さぐ》りは控えました」

「さすが、日々鬼だな」

竜之介は微笑した。

「これは、どうも……それから、今一つ、御報告することがございます」

「何じゃ」

日々鬼は顔を上げた。

「例の貸蔵《かしぐら》の持ち主であった辰巳《たつみ》屋の主人と番頭が、先ほど、死体で発見されました」

「それは……」

これには、竜之介も驚かざるをえない。

「店の蔵の中で、包丁で互いに相手の首を刺して死んでいたので、月番である西町の同心は、主従《しゅじゅう》が喧嘩《けんか》口論《こうろん》の挙《あ》げ句《く》の刃傷沙汰《にんじょうざた》――という見立てをしておりますが……おそらくは、風魔の口封じでございましょうな」

名古屋《なごや》の米商人〈藤屋《ふじや》〉という名目で蔵を借りた風魔が、その経緯を知られないように、主人と番頭を刺殺し、喧嘩に見せかけたのであろう。

ちなみに、貸蔵関係の書類は全《すべ》て、消えていたという。

「うむ、わかった」竜之介は頷《うなず》いて、

「いよいよ、風魔一族と決戦じゃ。夜明けとともに、城代屋敷へ乗りむぞ。そのつもりで、準備してくれ」

「ははっ」

日々鬼は平伏《へいふく》した。

「ところで、花梨《かりん》の手の具合はどうだ」

心配そうに、竜之介は訊《き》く。

「はい。幸いに打身だけでしたので、甲賀の秘薬を用いました。大事ないかと」

「そうか。些《いささ》かおてんばでも、あんなに可愛い娘だ。手であっても傷痕《きずあと》が残っては、気の毒だからなあ」

「有難き、お言葉……花梨が聞いたら、さぞ喜びましょう」

日々鬼は、ふと、顔を上げて、

「あの、竜之介様――」

何ごとか、言いかけた。表情に迷いがある。

「何じゃ」

だが、日々鬼は顔を伏《ふ》せて、

「いえ……では、御免」

老忍者は、さっと闇《やみ》に消えた。

「竜之介様……」

いよいよ決戦と聞いて、霖之丞は興奮し、瞳が欲情に潤《うる》んでいる。

明日は命を落とすかも知れない――という気持ちが、女としての本能に火をつけたのであろう。

その様子を見た竜之介は、優しい口調で、

「互いに傷ついている身だし、今宵は慎《つつし》むことにしよう。わしは、離れで休む」

「……はい。お休みなさいまし」

落胆《らくたん》して肩を落としつつ、日向《ひゅうが》霖之丞は頭を下げた。

四

（やはり、江戸《えど》を発《た》つ時に、桜《さくら》姫や志乃《しの》と会わなくて良かった――）

離れ座敷への渡り廊下を歩きながら、松平竜之介は、そんなことを考える。

あの日――将軍家斉《いえなり》に風魔一族討伐《とうばつ》を命じられた竜之介は、その足で、桜姫の屋敷へ寄ろうと考えた。

生きて再び江戸へ帰れるかどうか、わからぬ旅である。

桜姫と志乃、その心と軀《からだ》に、自分の思い出を存分に注《そそ》ぎこんでおこう――と思ったのだ。

　ところが、まるで彼の心を読んだかのように、それを止めたのは、家斉であった。

「竜之介。この後で、桜に会って行こうなどとは思うなよ」

「は？」

「実の娘だから、余《よ》は、そなたよりも桜の気性《きしよう》を知っておる。あれはな、必ず、自分も大坂に付いて行くと言い張って、絶対に聞かぬぞ」

「はあ……」

　確かに、そういう時の桜姫は、一歩も引かぬ態度になる。

「無論、そうなれば、忠義者の志乃も同行すると言い出す。つまり、そなたは、足手纏《あしでまと》いの女を二人もかかえこむことになるのだ。足手纏いなだけなら、まだ良い。だが、二人が風魔の人質にされたら、そなたは、手も足も出ぬではないか。そうであろう」

「………」

「何も言わずに旅に出るのが、哀《あわ》れとも不人情とも思うなら……必ず、お新を連れて生きて戻れ。それが、桜たちの最も歓《よろこ》ぶことじゃ」

　それから、家斉はゆったりと微笑して、付け加えた。

「余も、同じ思いぞ」

「上様……っ」

あまりの感激に、竜之介は、顔を上げることが出来なくなった。

この御方《おかた》は、これほど人情の機微《きび》を知り尽くしておられたのか。

子作りしか能のない好色将軍――という世情の評価は、誤りであった。

それもこれも、公儀《こうぎ》の実権を掌握して、家斉に政事《まつりごと》に関《かか》わることを許さぬ、一橋穆翁《ひとつばしぼくおう》のせいなのだ。

穆翁は家斉の実父――一橋治済卿《はるさだ》である。

治済は稀代《きだい》の策略家で、あらゆる権謀術数《けんぼうじゅつすう》を用いて、我が子を十一代将軍の座につけることに、成功した。

十代将軍の家治《いえはる》と世子《せいし》の家基《いえもと》を暗殺した――という噂《うわさ》さえ、あるほどだ。

そして、家斉が将軍となると、自分は黒幕として、幕政に辣腕《らつわん》を振るっている。

穆翁が健在である限り、家斉は決して、本当の将軍にはなれないのだ……。

(上様に止められなければ、わしは桜姫と会って、結局、姫も志乃も旅に同行する羽目《はめ》になっただろう。それで、大坂城攻めなどということになったら、苦労の種が何倍にも増えてしまう……)

竜之介は星空を仰《あお》いで、

（許せ……桜姫、志乃。わしは必ず、お新とともに、江戸へ戻るからな）

そう誓《ちか》って、離れ座敷の前に来た。

「さて、ゆっくりと熟睡いたすか」

が、障子《しょうじ》を開いた竜之介は、

「あっ」

思わず、驚きの声を上げた。

十二畳《じょう》の広さの寝間《ねま》に、六人の全裸の美女が正座していたからである。

「お帰りなさいまし」

六人は一斉《いっせい》に、お辞儀《じぎ》をする。

「な、なんだ、お前たちは」

「蔵屋敷の地下牢《ろう》から救っていただいたお礼をさせていただこう思いまして、うちら、お待ちしてましてん」

例のお京《きょう》という娘が言った。

「礼だと？」

「へぇ」これは、お伸《のぶ》という油屋の娘だ。

「あのままでは、うちらは遠国か異国へでも売られて、男はんの慰《なぐさ》みものにされ、果ては野垂《のた》れ死にしとったはず。その地獄から救ってくれはったんは、松平竜之介様で」

「そやから」

お紺《こん》という娘が、頬《ほお》を赧《あか》らめて言う。

「うちらの一番大切なもので、松平様へ、お礼をさせていただこう思いました」

「女にとって一番、大切なんは——操《みさお》」

これは、お波《なみ》という娘だ。

「そやから、うちらの操を捧《ささ》げるんでございます」

「幸い——と言うては、何やけど」と、お邦《くに》。

「お京さんとお紺さんは生娘《きむすめ》ですけど、うちたち四人は、もう、男はんを識《し》ってますねん」

「どんな淫《みだ》らな真似《まね》でも厭《いと》わずに、腕に縒《よ》りをかけて、松平様に御奉仕しますわ」

そう言ったのは、お佑《ゆう》という娘で、これは西瓜《すいか》のように見事な乳房をしている。

「いや、待て」あわてて、竜之介は言った。

「わしはな、夜明けとともに大事な…」

最後まで言わせずに、娘たちは、嬌声《きょうせい》を上げて竜之介に飛びかかった。

「夜明けまでに、あと二刻《ふたとき》もありますやんっ」

「それまで、うちらを、お腰の物で可愛がってほしいわあ」

お邦とお佑が言う。

「お、おいっ」

竜之介は、娘たちに寝間に引きずりこまれた。

五

「竜之介様……」

寂しく独り寝をしている日向霖之丞の口から、寝言が転がり出た。

夢の中で、竜之介に抱かれているのであろうか。

ほうっ……と熱い吐息《といき》を洩《も》らして、霖之丞は眠り続ける。

その頃——松平竜之介本人は、離れの寝間で、六人の美しい娘を相手に、孤軍《こぐん》奮闘《ふんとう》の真っ最中であった。

「凄《すご》い、こんなん初めて……」

「巨《おお》き過ぎや……ああんっ」

「松平様、もっと強《つよ》う犯してっ」

「死んでもええから、この魔羅で突いて、突き殺して欲しい……」

お伸、お波、お邦、お佑の非処女組の四人は、乱れに乱れて、まさに狂乱状態である。

お京、お紺の処女組も、目の前に繰り広げられる淫猥《いんわい》な肉弾戦を見ているうちに、すっかり発情していた。

しかも、竜之介に挿入されていない非処女組の娘が、この二人に、ちょっかいを出す。

同じような年頃の美しい同性に、指や舌で嬲《なぶ》られて、お京もお紺も括約筋《かつやくきん》の緊張が解《と》け、すっかり花園が潤《うるお》ってしまった。

「さ、松平様。お京はんの水揚《みずあ》げを、どうぞ」

お伸たちに急《せ》かされて、竜之介は、お京の濡《ぬ》れそぼった朱色の花園を貫《つらぬ》く。

そして、生まれて初めての女悦《にょえつ》を知ったお京の女壺《つぼ》に放つと、それでも衰《おとろ》えぬもので、お紺の花園に突入した。

二人の生娘《きむすめ》を続け様に昇天させた竜之介の男根を、お伸たちがしゃぶる。

お伸が先端の切れこみを舐め、お京は玉冠部《ぎょっかんぶ》の下のくびれに、おずおずと舌を這《は》わせる。

お波が長大な茎部《けいぶ》を脇から舐《な》めて、反対側のお邦が根元を舐めた。

そして、お紺は、重く垂《た》れ下がった玉袋を舐めている。

お佑は、竜之介の背後にまわると、臀孔《しりあな》を舐めしゃぶっていた。丸めた舌先を、排泄孔《はいせつこう》の奥まで入れたりする。

「わしは、こんな事をしている場合ではないのだが……」

左肩と右腕に白い晒しを巻いた竜之介は、溜息《ためいき》をつく。

しかし、彼の意志とは無関係に、六人の娘に献身的に奉仕されて、その男根は隆々《りゅうりゅう》と聳《そび》え立っていた。

「よし。皆、四《よつ》ん這《ば》いになって円陣を組むのだ」

「へえ」

娘たちは、臀を高々とかかげて、牝犬《めすいぬ》の姿勢をとる。

頭を外側に向け、六つの臀が竜之介の方を向いている状態だ。

これで、竜之介は軀《からだ》の向きを変えるだけで、どの娘の女華にも挿入できるから、時間の節約になる。

「これで、捗《はかど》るだろう。さあ、参るぞ」

一番手だったお仲の女華に、竜之介は突入した。

臀の双丘《そうきゆう》を両手でかかえて、精力的に腰を動かす。

「ひいィイ……ィっ」

お仲は背中を反《そ》らして、喜悦の悲鳴を上げた。

激しい攻撃にお仲が昇天してしまうと、次は、お京に侵入する。

破華を終えたばかりの十八歳の女壺は、まだ初々《ういうい》しく、狭小《きようしよう》であった。

竜之介は、未熟な肉体を労《いたわ》りながら、緩急自在《かんきゆう》に責める。

(せめて半刻《はんとき》……いや、四半刻だけでも眠らねば……)

そんなことを考えながら、竜之介は腰を動かすのだった。

第八章　大決戦

一

離れ座敷の前は、泉水のある庭園になっていた。

「う〜む」

夜明けの空の下に広がる庭園を眺めながら、松平竜之介《まつだいらたつのすけ》は両腕を上げて、大きく伸びをした。

下帯《したおび》一本の半裸で、肩と腕に巻いた晒《さら》し布を取り去っている。

南蛮鞭《なんばんむち》で斬《き》り裂《さ》かれた傷口は、なぜか、もう癒着《ゆちやく》していた。

「日本晴れじゃな。お新《しん》を取り戻すには、絶好の日よりだ」

濡《ぬ》れ縁《えん》に立った竜之介は、意気揚々《ようよう》である。

彼の背後の障子《しょうじ》が開いているので、寝間《ねま》の中が丸見えだ。

そこには、六人の娘たちが気息奄々《きそくえんえん》という様子で、裸で横たわっている。

「あのお武家はん、一睡《いっすい》もせんと、うちらに三回ずつ……」

「それやのに、傷口までふさがってしもうて……」

「きっと、武蔵坊弁慶《むさしぼうべんけい》か何かの生まれ変わりやわ」

そんな声は、竜之介の耳には入っていなかった。

（わしのこの軀《からだ》には、藩祖の血が流れているのだ……）

六人の娘たちの相手をしているうちに、竜之介は、異様な昂《たか》ぶりを覚えたのである。

それは、戦《いく》さを前にした武人の血の滾《たぎ》りであった。

関ケ原《せきがはら》の合戦で徳川家康《とくがわいえやす》の命を救うという武勲《ぶくん》を立てた先祖の血が、風魔《ふうま》一族との決戦を目前にした竜之介の体内を、音を立てて駆け巡ったのだ。

現代風に表現すれば、眠っていた遺伝子が覚醒《かくせい》した——というところだろう。

すると、無限の活力が湧き上がって来て、いくら吐精しても枯渇《こかつ》することなく、娘たちを次々に昇天させてしまったのである。

徹夜明けだというのに、竜之介は五体に気魄《きはく》が漲《みなぎ》るのを感じていた。

（東照大権現《とうしょうだいごんげん》も御笑覧《ごしょうらん》あれ。松平竜之介は天下万民のために、風魔一族を成敗《せいばい》い

たします)

もう一度、拳《こぶし》を高く突き上げて、竜之介は叫んだ。

「よし、やるぞっ」

二

その土橋《ど》は、大坂《おおさか》城の西南の角にある。

濠に架かるそれを渡ったところが大手口《おおて》だが、早朝の今は高麗《こうらい》門の扉は閉じられていた。

「大坂城代の土橋修理太夫《どばししゆりだゆう》殿の正体《しょうたい》は、風魔一族頭領《とうりょう》の風魔乱四郎《らんしろう》じゃ」

松平竜之介は、土橋の西側に集合している者たちに向かって、言った。目立つように、緋《ひ》色の着流し姿になっている。

そこには、大坂西町奉行所の与力《よりき》三十名に同心が五十名、それに百名の捕方《とりかた》が、捕物支度《じたく》で並んでいた。

彼らは、手裏《しゆり》剣を防ぐために、竹を組んだ盾《たて》を手にしている。

無論、町奉行の石井《いしい》豊後守《ぶんごのかみ》も、火事場装束《しょうぞく》で参加していた。

日向霖之丞《ひゅうがりんのじょう》は、額《ひたい》に鉢《はち》巻き、襷掛《たすきが》けをして、袴《はかま》の腿立《ももだ》ちをとっている。

沢渡日々鬼《さわたりひびき》の率いる甲賀《こうが》組を含めると、二百名を越える人数だ。

敵味方の識別が容易なように、竜之介を含めた攻撃隊の全員が、左肩に白い布を縫《ぬ》いつけていた。

「家臣たちも皆、風魔忍者がすり替わっておる。天下に仇為《あだな》す逆賊《ぎゃくぞく》どもを、一網《いちもう》打尽《だじん》にするのだ。よいなっ」

「おうっ」

攻撃隊の一同から、喊声《かんせい》が上がった。

「よし、突撃！」

三葉葵《みつばあおい》の黒扇子《くろせんす》を、竜之介は軍配のように振った。

丸太を乗せて固定した大八車が、がらがらと後ろ向きで土橋を渡る。

丸太の先端が、黒い門扉《もんぴ》に激突した。衝撃で、地震のように地面が揺れる。

大八車が後退してから、再度、勢いをつけた丸太が門扉に激突した。

門の内側の閂《かんぬき》が裂けて、門扉が一尺《しゃく》ほど開いた。

「おおおォ――っ」

捕方たちが門扉に突進して、力ずくで左右に開いてしまった。

そのまま、竜之介たちは枡形《ますがた》に雪崩《なだ》れこむ。

枡形の左手に、櫓《やぐら》門があった。ここの門扉も打ち破ると、そこは二之丸《にのまる》である。

その北にあるのが、城代屋敷であった。

高麗門の門扉に最初の激突があった時——城代の屋敷の中では、家臣に化けた風魔忍者たちが、驚いていた。

「何だっ、あの音はっ」

まさか、高麗門の扉を丸太で打ち破るなどという荒っぽい真似《まね》をする者がいるとは、誰も想像していなかったのである。

だが、城代の寝間《ねま》では、

「っ！」

肌襦袢《はだじゅばん》姿の土橋修理太夫が、ぱっと身を起こしていた。

そばに、全裸の梢《こずえ》が、綿のように疲れ果てて眠っている。

梢は一晩中、修理太夫に責《せ》め苛《さいな》まれたのだ。その局部は、真っ赤に腫《は》れ上がっている。

修理太夫——風魔乱四郎は、にやりと不敵に嗤《わら》って、

「来おったか、松平竜之介めっ」

何の許可も交渉もなく、いきなり、大坂城に踏み込める者は、将軍家代人の竜之介以外にありえない。

寝間の前の廊下を、複数の足音が、慌《あわ》ただしく近づいて来た。

「殿……いえ、頭領っ」

声がかかったので、乱四郎は、障子《しょうじ》を開いた。廊下に、家臣たちが平伏《へいふく》している。

「狼狽《うろた》えるな。竜之介奴に率いられた西町奉行所の連中が、乗りこんで来たのに違いない」

乱四郎は、作り声ではなく、自分の声で言った。

「落ち着いて、かねてからの手筈《てはず》どおりにするのだ」


城代屋敷の表玄関から、六尺棒《ろくしゃくぼう》を構えた捕方たちが怒濤《どとう》のように乗りこんだ。

が、案に相違して、屋敷の中は、がらんとしている。

「おらん、誰もおらんぞっ」

「長屋にもどこにも、人けはないっ」

城代の住む母屋《おもや》だけではなく、家臣たちの住む長屋も、空《から》っぽだという。

「まさか、逃げられたのかな」

与力の一人が言うと、

「そんな馬鹿なことがあるものか」

豊後守が怒鳴《どな》りつけた。

「この城代屋敷は、完全に包囲してあるのだ。蟻《あり》の一匹《ぴき》も、逃げ出せるはずがない。捜《さが》せ、虱潰《しらみつぶ》しに捜すのだっ」

「竜之介様……」

玄関の式台《しきだい》に立った松平竜之介の顔を、霖之丞が心配そうに見る。

「ううむ……」

二之丸へ飛びこむのと同時に、大番や加番などの屋敷へは将軍家代人による捕物であることを、通知している。

その時の彼らの腰を抜かさんばかりに驚愕《きょうがく》した態度を見ると、風魔一族に協力しているとは思えなかった――という。

すると、少なくとも百人はいるはずの城代屋敷の家臣や奉公人たちは、どこへ消えたのであろうか。そして、お新は……。

その時、影法師のように音もなく降って来たのは、沢渡日々鬼であった。

「竜之介様、あちらに――」

「何かあったのか」

日々鬼に案内されて、竜之介たちは、奥の寝間へ向かった。

「このように、抜け穴がございました」

寝間の壁全体が半回転して、そこから大きな階段が地下へと続いているのだ。

中之島《なかのしま》の貸蔵《かしぐら》にあった仕掛けと、よく似ている。

「なるほど。風魔一族め、ここから逃げたのに違いない」

しかも、階段の手前に懐紙《かいし》が敷かれて、南蛮《なんばん》製の遠眼鏡《とおめがね》がのっていた。

その懐紙には、「松平竜之介様に献上」と書かれている。

「これは……」

「調べて見ましたが、毒や火薬などの仕掛けはございませぬ」

「風魔乱四郎が、わざわざ、わしに残したのか」

竜之介は、三段式の遠眼鏡を手にした。

「どういう謎かけなのか……」

「竜之介様」と豊後守。

「そんな遠眼鏡などよりも、早速《さっそく》、風魔を追いましょうっ」

逸《はや》りきって、抜け穴に飛びこもうとする石井豊後守だ。

大坂城攻めの直前までは、緊張と不安で顔色《がんしょく》を失っていたが、いざ事《こと》が始まると、別人のように活《い》き活きとしている。

豊後守もまた、戦場を駆け巡っていた先祖の血が、この極限状況で覚醒《かくせい》したのかも知れない。

「待て、豊後殿。どうも厭《いや》な予感が…」

竜之介が言いかけた時——東の方から、どーんっ……という音が轟《とどろ》き渡った。

「お、晴れているのに雷《かみなり》ですかな」

豊後守が、庭の方を見る。

「いかんっ」竜之介が叫んだ。

「みんな、逃げろっ」

叫びながら、竜之介は遠眼鏡を懐《ふところ》にねじこみ、霖之丞を小脇に抱いて走り出した。豊後守たちも、あわてて、それに続く。

ひゅるるる……という不気味な飛来音が聞こえて、何かが、寝間の屋根を突き破った。

そして、大爆発が起こる。

屋敷の三分の一ほどが吹っ飛び、瓦や柱、壁などの残骸が周囲に降り注《そそ》いだ。

「ば、爆薬が仕掛けてあったのか……」

庭木の蔭《かげ》に伏《ふ》せた豊後守が、顔を上げて言った。

「いや、違う」

立ち上がった竜之介が、内濠の彼方の天守《てんしゅ》を指さす。

「あそこから撃ったのだ」

「何ですとっ」

見ると、天守の三階の窓から、黒いものが突き出されていた。

「お、大筒《おおづつ》っ！」

豊後守は仰天《ぎょうてん》する。

黒いものは、大筒の砲身なのだ。

しかも今、撃たれたのは、只《ただ》の砲弾ではない。

爆発して屋敷を半壊させたのだから、火薬を詰《つ》めた炸裂《さくれつ》弾であった。

「彼奴《きやつ》ら、この屋敷から天守の方まで抜け道を掘っておったのか」

沢渡日々鬼が、唸《うな》るように言う。

「我らが抜け穴の前にいる時を見計《みはか》らって、大筒を撃ったのだな。やりおる」

もしも、竜之介の咄嗟《とっさ》の機転がなければ、日々鬼たちは爆発で殲滅《せんめつ》していたかも知れない。

竜之介は、先ほどの遠眼鏡を取り出して、天守を見た。

「む、あれは――」

三

大坂城天守の最上階の廻縁《かいえん》に、異人の格好《かっこう》をしてマントを翻《ひるがえ》した土橋修理太夫が立っている。

その脇には、黒布をかけた大きな箱が置かれていた。

「はっはっはっ、驚いたか、松平竜之介っ」

べりべりと顔面の変相《へんそう》を引き剝《は》がすと、風魔乱四郎の端正《たんせい》な素顔が剝《む》き出しになった。

「貴様の捜《さが》し物は、これだろう」

乱四郎は、黒布を払う。

それは、鉄格子《てつごうし》のついた動物用の檻《おり》であった。

檻の中に、胸と腰に青い手拭《てぬぐ》いを巻いただけの半裸の若い女が、入れられている。

お新であった。

「竜之介様〜〜っ！」

聞こえるはずがないとわかっていても、叫ばずにはいられない、お新なのである。

乱四郎の肩に、嘴太鴉《はしぶとがらす》の闇丸《やみまる》が降り立った。

「遠眼鏡で見ているだろう、竜之介、この娘を取り戻したくば、ここまで上がってこい」

風魔乱四郎は嘲笑《あざわら》った。

「だが、貴様に出来るかな。その前に、もう一発、大筒をくらわせてやる」

「お新……」

城代屋敷の庭では、竜之介が歯嚙《はが》みしていた。

「花梨《かりん》はおるかっ」

「おうよっ」

細長い筒を担《かつ》いで、花梨が飛んで来た。

屋敷に何か罠《わな》が仕掛けられていた時のために、花梨だけは後から来るように
――と言いつけておいたのだ。

花梨が運んで来たのは、太い竹筒の外側に和紙を幾重にも貼りつけ、さらに縄を巻いて補強した、甲賀の火器である。

地面に片膝をついて、花梨は、右肩に竹筒砲を構えた。

昨夜、日々鬼が言った通り、花梨の右手首は問題ないようであった。

「よいか、花梨。点火するぞ」

日々鬼が、その尾部から飛び出している導火線に、火をつける。

「くらえ、甲賀の火龍砲《かりゆうほう》っ」

どんっと火を噴《ふ》いて、砲弾が発射された。

放物線を描いて飛んだ砲弾が、偶然にも、天守の大筒の砲口に飛びこむ。

すでに第二弾を装塡《そうてん》していた大筒は、爆発を起こした。

炸裂弾に炸裂弾が衝突したのだから、その破壊力は凄まじい。

大坂城の天守の壁は、矢弾《やだま》を防ぐために、木舞《こまい》を芯《しん》として幾重にも荒壁《あらかべ》を塗り、

その上から漆喰《しっくい》の三重塗りをしている。

その堅固《けんご》で美しい白亜の壁も、爆発で、窓の周囲は吹っ飛んでしまった。

将軍家代人である松平竜之介の命令で行った攻撃でなければ、この場の全員が磔《はりつけ》であろう。

「よくやった、花梨っ」

竜之介が誉《ほ》めると、花梨は「でへへへ」と照れ笑いをする。

最初の砲弾の爆発から生き残った者たちが、竜之介の周囲に集まっていた。

三十名ほどが、死ぬか動けないほどの傷を負《お》ったらしい。

「よし、敵の大筒は潰《つぶ》した。傷の軽い者は、重傷の者の手当を頼む。残りの者は、わしと一緒に来い」

竜之介は命じた。

「あの天守こそが敵の本陣、参るぞっ」

「おおっ」

味方に被害が出たことで、逆に、攻撃隊の士気が高まっている。

竜之介を先頭にして、攻撃隊は、城代屋敷から飛び出した。

南仕切り門《みなみしきり》を駆け抜けて、桜門《さくら》から本丸に入る。

定番や加番の者たちは、様子見《ようすみ》をしているらしく、竜之介の率いる攻撃隊を制止もしない代わりに、加勢もしない。

積極的に動いて、後で処分されることを怖れているのだろう。

風魔忍者の攻撃を防ぎながら、幾つもの門を通り抜けて、天守に迫った。

天守台の広い石段を駆け上り、石垣に突き当たって、左へ折れる。

さらに石垣に当たって、左へ折れた先が、井戸屋形《いどやかた》だ。

この井戸で汲《く》み上げられる名水は、〈黄金水〉と呼ばれている。

井戸屋形の脇を通って、右へ曲がり、塀《へい》に突き当たって、また右へ折れた。

そこにあるのが、天守上り口門だ。

その門を突破して、石段を上がると、天守の入口であった。

そこから中へ入ると、石垣内部に造られた半地下の穴蔵で、その上が一階という構造であった。

攻撃隊が穴蔵に入ると、天井から五方手裏剣《ごほうしゆりけん》の雨が降って来る。

主力を天守に引き入れてから、待ち伏《ぶ》せしている下忍《げにん》が本格的に反撃する――という風魔の策であった。

「怯《ひる》むな、数ではわしらが上だぞっ」

豊後守が、声を枯《か》らして叫ぶ。

「竹組みの盾《たて》で、手裏剣を防ぐのだっ」

その間に、甲賀同心の八方《はっぽう》手裏剣が、天井の風魔忍者を次々に倒してゆく。

逃げ場のない天井から、風魔忍者は飛び降りた。

攻撃隊と風魔忍者の乱戦となる。

竜之介は、数人の風魔者を叩き斬《き》ってから、奥の階段を駆け上がった。霖之丞が、それに続く。

一階から二階へ、二階から三階へと、竜之介は鬼神《きじん》の如《ごと》き強さで、敵を薙《な》ぎ払ってゆく。

三階は、大筒の爆発によって内部も破壊され、風魔忍者は残っていない。

竜之介は残骸《ざんがい》を飛び越えて、四階へと駆け上がった。

「お、貴様はっ」

そこに待っていたは、二本の南蛮鞭《なんばんむち》を持つ風魔五忍《ごにん》衆の御母衣《みほろ》兵部《ひょうぶ》であった。

他に、風魔者の姿はない。

「この御母衣兵部の軀《からだ》に、よくも傷をつけてくれたなっ」

兵部は、両眼に憎悪《ぞうお》の炎を燃やしていた。

「死ねっ！」

左右の南蛮鞭が、大蛇《だいじゃ》のように宙を飛ぶ。

「むっ」

竜之介は柱の蔭に身を寄せて、その攻撃をかわした。

南蛮鞭は、びしっと柱を打ってしまう。

「ちいっ」

兵部は、鞭を引き戻した。

その隙《すき》を逃さず、竜之介は突進する。

「舐《な》めるなっ」

巧《たく》みに手首をひねって、兵部は、手元に戻りかけていた右の鞭を宙でくねらせた。

そして、方向転換すると、再び、竜之介に向かって鞭を打つ。近すぎて、竜之介に避ける暇《ひま》はない。

が、竜之介は大刀《だいとう》の峰を使って、鞭を弾《はじ》き返した。

「あっ」

兵部は驚愕《きょうがく》した。

「怪我《けが》のせいか、兵部、鞭の動きに昨夜の鋭《するど》さはないな」

竜之介は、じりっと迫る。

「く、くそっ」

焦《あせ》って、兵部が攻撃しようとした時、

「えいっ」

脇から、霖之丞が斬《き》りこんだ。

「う」

左手を傷つけられて、兵部は、南蛮鞭を取り落とす。

「しまったっ」

蒼《あお》くなった兵部は、右手の鞭を引き寄せて、右側の階段を駆け上がった。

「待てっ」

竜之介と霖之丞が、それを追う。

ついに、最上階であった。

駆け上がった正面が西側で、その廻縁に風魔乱四郎が立っている。

白いシャツにヴェスト、ズボンにブーツという姿で、背中にマントを垂《た》らしていた。首には、真紅《しんく》の襟巻《えりまき》をしている。

彼の脇に、お新を閉じこめた檻が置かれていた。

「お新、無事かっ」

「竜之介様ァっ」

歓喜に顔を輝かせて、お新が叫んだ。

乱四郎の左肩の上で、なじるように鴉が、ぎゃーっと鳴く。

風魔乱四郎は、にやりと嗤《わら》った。

「ようやく、相見《あいまみ》えたなあ……松平竜之介」

美青年なのに、凄《すさ》まじいほどの邪悪《じやあく》な威圧感であった。

「将軍の飼い犬は、そんなに楽しいか」

「風魔乱四郎。罪なき美女たちを攫《さら》って、この泰平の世に何を企《たくら》むっ」

「泰平だと」乱四郎は笑みを消した。

「これは偽《いつわ》りの平和だ。腐《くさ》った幕府に作られた腐った平和だ。だから、俺が、戦国乱世の時代に戻してくれるわ。紅蓮《ぐれん》の炎が、腐った世の中を浄化《じようか》してくれるであろうよ」

「させぬっ」

竜之介は大刀を振るって、飛びこむ。

その刃《やいば》を、がっと受け止めたのは、普通の刀ではなかった。古代の剣のような形状の、両刃《もろは》の直刀である。

飼い主の肩から飛んだ鴉の闇丸は、霖之丞に向かってゆく。

「むむ……」

「ぬ……」

相手の眼を覗《のぞ》きこむほど顔と顔を近づけて、互いに押し斬ろうとするが、力は、ほぼ互角であった。

一呼吸あって、ぱっと二人は離れる。

その瞬間、南蛮鞭が飛んで、竜之介の左腕に巻きついた。

部屋の隅に隠れていた兵部が、好機と見て、鞭を使ったのだ。

「貰《もら》ったっ」

兵部は、その鞭を引き寄せる。

「竜之介様っ」

霖之丞は加勢しようとしたが、刃を巧みにかわす闇丸の嘴《くちばし》を避けるのに、精一杯であった。

このまま左腕を拘束《こうそく》されたら、竜之介は、正面にいる乱四郎の斬りこみを避けられない。

だが、

「なんのっ」

竜之介は、両足でふんばると、そのまま、左脇を締めて、上半身をひねった。

生まれ故郷の鳳《おおとり》領の永台山《えいたい》で仕留《しと》めた巨大な猪《いのしし》を、一人で担《かつ》いで持ち帰ったという強靱《きょうじん》な足腰である。

「あっ」

兵部は、その勢いに振り回された。

足腰の粘りが、違いすぎた。踏み止《とど》まる余裕もなく、兵部は、外の廻縁の方へ吹っ飛ばされる。

そして、高欄《こうらん》の向こうへと転げ落ちた。

「うわあああァ――っ……」

竜之介の左腕に鞭を残して、長々と絶叫しながら、御母衣兵部は落下して行った。

「愚《おろ》かな奴……」

竜之介は、左腕の鞭を捨てた。改めて、風魔乱四郎の方へ向き直る。

「やるな、竜之介」と乱四郎。

「殿様剣術では今まで生き延びられるわけがないとは思ったが、予想以上の手練《てだれ》者《もの》だ」

そう言いながら、乱四郎は、南側の廻縁へ出た。霖之丞を執拗《しつよう》に攻撃していた鴉の闇丸も、外へ飛ぶ。

「観念せよ、乱四郎」

「いや……」

乱四郎は、廻縁の高欄に片足をかけた。

「竜之介。勝負は預《あず》けるぞ」

そう言うが早いか、ばっと空中へ飛んだ。

「おおっ」

「あっ」

自殺したのかと思って、竜之介と霖之丞は叫び声を上げる。

が、乱四郎のマントの下から、左右に広がったものがあった。

それは、孟宗竹《もうそうちく》と女竹《めだけ》で骨組みを作り、美濃《みの》紙を張った折り畳み式の翼である。

蝙蝠《こうもり》の翼に似た形だった。

現代でいうところの、ハンググライダーのようなものであった。

乱四郎の軀が、ふわりと浮く。

風魔一族は、その名の通り、風の流れを読んで、その風の力を利用する術に長《た》けていた。

闇夜に、真っ黒な大凧《おおだこ》を使って、敵地や城に侵入するなど、容易《たやす》いことであった。

その工夫が進化して、風魔一族の工匠《こうしょう》は、今ではこのような可変翼を作るまでになっていたのだ。

「これが風魔流忍術の真髄《しんずい》だ。さらばだ、竜之介っ」

哄笑《こうしょう》を残して、風魔乱四郎は悠々と飛び去る。鴉の闇丸も、一緒に飛んで行った。

霖之丞、啞然《あぜん》として、

「何という奴……本当に人《ひと》なのか」

「むむ……」

竜之介も驚いたが、気を取り直して、西の廻縁の檻に近づいた。

「お新、出来るだけ退《さ》がっておれよ」

そう言って、竜之介は大刀を振り上げた。

そして、南蛮錠《じょう》を一刀両断にする。

「わ——んっ」

子供のように泣きべそをかいて、お新は飛び出して来た。竜之介の広い胸にとびこむ、

「竜之介様、会いたかったよう……」

「わしもだ、お新」

抱きしめて、竜之介は、お新の頭を優しく撫《な》でてやる。

霖之丞は涙ぐみながら、少し寂しそうに、それを見ていた。

(たしかに、お新は取り戻した……)

竜之介は表情を引き締めて、乱四郎の飛び去った方角に目を向ける。

(だが、戦乱の世を作りだそうとする邪悪な風魔乱四郎は、必ず倒さねばならぬ。闘《たたか》いは、これからだっ)

階下の乱戦も決着がついたらしく、攻撃隊の勝鬨《かちどき》が上がっていた。

第九章　秋風道中《どうちゅう》

一

廊下を、足音が近づいて来た。

女の足音である。無論、お新《しん》の足音だ。松平竜之介《まつだいらたつのすけ》が、その足音を聞き違える訳がない。

夕陽《ゆうひ》に染まった障子《しょうじ》に、見覚えのある人影が映《うつ》って、

「――竜之介様、入ってもいい？」

お新が、そっと訊《き》いた。

「うむ。待っていたぞ」

そこは――西町奉行所の役宅、その離れ座敷であった。

夜具に胡座《あぐら》を掻いた竜之介は、肌襦袢《はだじゅばん》姿である。

静かに障子を開けて、お新が寝間《ねま》へ入って来た。

風呂上がりのお新は、季節外《はず》れの浴衣《ゆかた》姿である。

「どうした」

障子を閉めても、そこに立ったままなので、竜之介が言う。

「早く、ここへ参れ」

「あの……」

お新は何か言おうとしたが、言葉にできないようであった。

いきなり、帯を解《ほど》いて、素早く浴衣を脱ぎ捨てる。下裳《したも》を落とした。

「見て、竜之介様っ」

一糸《いっし》纏《まと》わぬ全裸になったお新は、小さめの胸乳《むなぢ》も無毛の鴇《とき》色の亀裂《きれつ》も、全《すべ》てを男の目に曝《さら》け出していた。

「オイラ、風魔《ふうま》の奴らに何もされてないんだよ……」

お新の声は、かすかに震《ふる》えていた。

「本当だよ、攫《さら》われる前と同じなんだから……信じてっ」

その双眸《そうぼう》には、涙が浮かんでいる。

「――」

竜之介は立ち上がって、無言で肌襦袢を脱いだ。下帯《したおび》一本の半裸になると、お新の前へ行く。

「お新、わかっておる」

そっと抱きしめて、竜之介は言った。

「大坂城《おおさか》の天守《てんしゅ》で、わしに再会した時のそなたの顔を見れば、それは、訊《き》かずともわかっていた。風魔乱四郎《らんしろう》は、何か目論見《もくろみ》があって、最初からそなたを別扱いにしていたのだろう」

「竜之介様……」

「だがな、お新。もしも、そなたに何かあったとしても……わしはな。そなたが生きて戻って来てくれただけで、それで十分なのだ」

「竜之介様ァァっ」

泣き出したお新を、さらに竜之介は抱きしめてやる。

そして、少し落ち着いたところで、その唇を吸ってやった。

「んぅ……」

お新は、夢中で舌を絡《から》めて来る。

しばらく、舌と舌の交歓《こうかん》を続けてから、竜之介は、ひょいとお新を抱き上げた。

そして、夜具に、お新の裸体を横たえる。

「竜之介様……あのね」

甘え声で、お新はねだる。

「すぐに、一《ひと》つになりたいの、今、すぐに」

前戯《ぜんぎ》は要《い》らない――という意味であろう。

「うむ」

竜之介は、下帯を取り去った。

まだ柔《やわ》らかい肉根を掴《つか》むと、その先端を無毛の亀裂にあてがう。

密着しただけで、じわっと亀裂から透明な秘蜜《ひみつ》が溢《あふ》れて来た。

竜之介は、先端で亀裂を下から上へなぞるようにして、その秘蜜をまぶした。

肉根が逞《たくま》しく硬化膨張《こうかぼうちょう》すると、お新に覆《おお》いかぶさり、静かに挿入する。

「あ…ア……」

か細い悲鳴を上げて、お新は喘《あえ》いだ。

巨砲を根元まで没入させると、竜之介は、ゆっくりと抽送《ちゆうそう》を開始した……。

――風魔一族との闘《たたか》いは早朝のうちに終わったが、その後始末が大事であった。

まず、西町奉行の石井豊後守《いしいぶんごのかみ》に、筆頭与力《よりき》を京橋口《きようばし》の東町奉行所へ走らせて、南の方へ飛行して逃走した風魔乱四郎の捕縛《ほばく》を要請《ようせい》させた。無論、大坂城から逃げた風魔下忍《げにん》の捜索《そうさく》もである。

それから、生き残った風魔下忍の捕縛と負傷した仲間の手当を、同時に行わねばならない。敵味方の死者の収容もだ。

天守の穴蔵の奥には、梢《こずえ》という女が放置されていた。梢は浪人の娘で、金で買われて修理太夫《しゆりだゆう》の相手をしただけで、何も知らないという。

これらのことだけでも目がまわるほど忙しいのに、決着がついたと見るや、四名の加番や東西の大番、二名の定番などの役人たちが、続々と、将軍家代人である松平竜之介に目通《めどお》りを願い出た。

身勝手極《きわ》まる者たちだが、これから風魔の残党狩りと事件の後始末に協力してもらわないといけないので、竜之介としても、無下《むげ》には出来ない。

風魔乱四郎は半月前までは江戸《えど》にいたのだが、城代屋敷の寝間の抜け穴は、半月や一月で掘れるものではないだろう。

つまり、かなり前から城代は替え玉になっていたか、それとも、土橋《どばし》修理太夫自身も買収されていたのかも知れない。

大坂城方役人の中に、どれだけ協力者がいたのか、それを丹念に調べる必要があるのだ。

役人たちに一人ずつ会って、西町奉行への協力を頼んでいるうちに、午後になってしまった。

腹を刺された時の用心に、朝餉《あさげ》を摂《と》っていなかったのに、昼も食べられなかったのだから、たまったものではない。

湯《ゆ》漬けを二杯、胃《い》に流しこんでから、捕縛した風魔下忍の首実検を行った。

お新を攫った四人のうち、翅紋《しゃもん》という下忍は斬《き》り死《じ》にしていたが、残りの三人は負傷しながらも生きていた。

その三人——那狻《なずる》、愚路《ぐじ》、眞暫《まぎん》に、風魔乱四郎の目的や一族の全貌《ぜんぼう》などを問い質《ただ》したが、美女を攫って異国に高値で売り飛ばすのが役目——という以外に、めぼしい収穫はなかった。

江戸で攫われた娘たちは、大坂に運ばれたが、さらにまた、どこかへ運ばれて行ったという。

「では、最後に尋《たず》ねるが」と竜之介は言った。

「忍者は雇《やと》われて働くもの——と聞いた。風魔一族の雇い主は誰だ」

三人は顔を見合わせた。

「雇い主はいるのかも知れませんが、わしら下忍には知らされておりません」

眞暫が答える。

「ただ……」那狡が言った。

「頭領《とうりよう》が、中之島《なかのしま》の貸蔵《かしぐら》の中の地下牢《ろう》を検分した時に、薩摩者《さつまもの》は仕事が丁寧《ていねい》だ──と呟《つぶや》かれるのを聞きました」

「なに、薩摩者だと」

竜之介は、やはり──と思った。

今回の大坂城決戦に加わった風魔一族だけでも、百名近い。江戸の木場《きば》で甲賀《こうが》組と闘《たたか》った者たちや、それ以外の下忍などを合わせると、少なくとも総数は二百名になろう。

二百年前にちりぢりになった風魔者を、それだけの数再結集させた風魔乱四郎の統制力は、驚くべきものであった。

しかし、これだけの人数を集めて、維持するには、莫大《ばくだい》な費用がいる。それは、美女売買だけで足りるだろうか。

だが、密貿易で荒稼ぎしているという薩摩藩が黒幕なら、風魔一族の再結集も納得がいく。

藤屋《ふじ》に化けた風魔一族が借りる前は、あの貸蔵は薩摩藩が借りていた。地下牢を造ったのは、その時ではないのか。

薩摩藩島津《しまづ》家といえば、西国大名の中でも、徳川《とくがわ》幕府が最も警戒している相手だ。

薩摩藩が風魔一族の雇い主だとしたら、その目的は何か……。

(いや。まず、薩摩が雇い主だという確かな証拠が必要だ。そうでなければ、いたずらに御公儀《ごこうぎ》と薩摩の対立を煽《あお》る結果になってしまう)

竜之介は豊後守に、薩摩の件は重大なことなので、他には洩《も》らさないようにと口止めした。

そして、ようやく、この離れ座敷へ帰って来たのだった……。

「た、竜之介様……嬉しい、うれしいよう」

お新が、歓喜の声を上げる。

愛の行為を続けながら、竜之介は、自分が巨大な陰謀《いんぼう》の渦中《かちゅう》に立っていることを、自覚させざるをえなかった。

二

街道の両側に、稲穂の揺れる田が広がっている。

大坂城攻めから十日ほど後――ここは、山陽道《さんようどう》の明石《あかし》領だ。

秋の日の午後――松平竜之介とお新の姿は、街道脇の雑木林の中にある。

「あんっ……あぁァんっ……」

お新が可愛いらしい悦声《よがりごえ》を上げていた。

黒い脚絆《きやはん》を付けた細い足の脛《すね》のあたりに、白い木股《きまた》が絡《から》みつくようにしている。

粋《いき》な渡世人風の格好《かっこう》をしたお新は、木の幹《みき》にすがりついて、腰を後方に突き出していた。

その縦縞《たてじま》の着物の裾《すそ》はまくり上げられ、真っ白で小さな臀《しり》が剝《む》き出しになっている。

長脇差《ながどす》は邪魔になるので、木の幹に立てかけてあった。

そして、竜之介は後方から、そのお新の臀を両手で鷲《わし》づかみにして、媾合《こうごう》している。

竜之介の方は、新しく仕立てた若竹色の着流しの前を開いただけだ。

お新の花孔の内部を、長大な巨砲が行き来している。

「凄《すご》いっ……凄すぎるよ、竜之介様っ」

「何が凄いのだ、お新」

微笑を浮かべて、竜之介が訊《き》く。

「あれです、竜之介様のあれがいいの……ひいィィっ」

ひときわ高く、お新の叫び声が上がった。

それに合わせて、竜之介の大筒《おおづつ》は発射する。

十九歳の素晴らしい肉襞《にくひだ》が、きゅーっ……と男根を締めつけた。

ややあって——日だまりの草地に、身繕《みづくろ》いをした竜之介とお新が、仰向《あおむ》けに横たわっている。

竜之介は、地面に転がっている椎《しい》の実《み》を拾って、眺めていた。

お新は、男の分厚い胸に頭を乗せている。

「竜之介様……あのね」

「うん？」

松平竜之介は、椎の実を袂《たもと》にしまう。

「風魔乱四郎が言ってたんだけど、オイラは、乱四郎の死んだ幼馴染《おさななじ》みによく似てるんだってさ。鈴奈《すずな》って名前だそうだけど」

「なるほど。それで、乱四郎は、そなたを別扱いにしたのだな」

竜之介は眉《まゆ》をひそめた。

「そんな情《じょう》がありながら、一方では、罪もない娘たちを攫《さら》って、邪魔になる者は片《かた》っ端《ぱし》から殺してゆくとは」

「仲間でさえ、騙《だま》したり、見殺しにしたりしてたもんね」

「風魔乱四郎を野放しには出来ぬ。あいつを成敗《せいばい》せねば、善良な人々がどれほどの不幸に遭《あ》うか」

結局――竹の翼で逃走した乱四郎の行方《ゆくえ》は、わからなかった。

もしも、風魔一族の雇《やと》い主が島津家であるのなら、乱四郎は九州の薩摩へ向かうに違いない。

竜之介は、陸路で乱四郎を追うことにした。

大筒まで使用する奴らだから、海路で襲われたら、逃げ場がない。

お新も、「もう、絶対に竜之介様とは離れない」と言うので、同行させることにした。

江戸へ帰したところで、風魔一族に再度、襲われる危険があるからだ。

沢渡日々鬼《さわたりひびき》も、引き続き風魔の探索を続けるが、「これ以上は、見習いには危険すぎるから」と花梨《かりん》を江戸へ戻すことにした。

そして、日向霖之丞《ひゅうがりんのじょう》も、「お新様を無事に奪還できましたので、わたくしも江戸へ戻りたいと存じます」と申し出たのである。

竜之介は、将軍家斉《いえなり》への報告書を霖之丞に託すことにした。

その報告書を渡した時、霖之丞は頬《ほお》を染めながら、

「お別れの前に、竜之介様の精を飲ませてくださいまし」

大胆な希望を告げたのである。

無論、竜之介は承知して、仁王立《におうだ》ちになり着物の前を開いた。

霖之丞は、その前に跪《ひざまず》いた。下帯《したおび》の中から男根を取り出して、嬉しそうに咥《くわ》えたのである。

「竜之介様……わたくしは…自分の心の中に、恐ろしいものがあることを知りました……」

しゃぶりながら、不明瞭《ふめいりょう》な声で、霖之丞は言った。

「檻《おり》から飛び出したお新様が、竜之介様の胸に抱かれた時……良かったと思う一

方で、むらむらと妬心《としん》が湧き起こったのです……」

　このまま一緒に旅をしたら、いつか、お新様を害してしまうかも知れない──と霖之丞は告白した。

「ですから、思い出を……江戸で寂しくないように……竜之介様の思い出を沢山《たくさん》、くださいまし」

「よかろう」

　竜之介は、信じられないほど大量に放った。

　そして、一滴《いってき》残らず聖液を飲み干《ほ》して、巨根を舌で浄《きよ》めた霖之丞に、接吻《せっぷん》したのである。

　自分の放ったもののにおいも厭《いと》わずに、たっぷりと舌を使ってから、唇を離して、

「霖之丞、世話になったな。礼を言うぞ」

「竜之介様……」

　霖之丞は感激のあまり、泣き出してしまった………。

「大坂で攫われた六人の娘は、無事に親許《おやもと》へ帰り、お新もまた、わしの元へ戻った。しかし、江戸で攫われた娘たちの親兄弟は、どれだけ嘆《なげ》き悲しんでいること

か。それを思うと、胸が痛む」

「……」

「風魔乱四郎を成敗《せいばい》して、娘たちを親許へ帰すまでは、わしの旅は終わらんな」

「竜之介様のそういうところが……好きっ」

お新は、竜之介の胸にすがりついた。

と、その時、街道の方から女の悲鳴が聞こえたのである。

「女の悲鳴だなっ」

竜之介たちは、さっと身を起こした。

三

「やめてっ」

街道で、清楚《せいそ》な若い女が、三人のやくざ者に囲まれていた。

三方から着物を引っぱられるので、胸元《むなもと》や裾《すそ》が乱れて、乳房や太股《ふともも》が半《なか》ば露出している。

「いいじゃねえか、お玉《たま》さん」

色黒のやくざ者が言った。

「父親の命が惜《お》しかったら、俺たちと仲良くしようぜ、へへへ」

出歯《でば》のやくざ者が、卑《いや》しい嗤《わら》いを見せる。

そいつの頭に、ぼこっと鶏卵大《けいらんだい》の石が命中した。

「いてえっ」

出歯男は、頭を押さえて蹲《うずくま》った。

顎《あご》に傷のあるやくざ者が、石の飛んで来た方を見る。

「なにしやがる、この野郎っ」

竜之介とお新が、雑木林の中から出て来た。

「不作の南瓜《かぼちゃ》みたいな音だったな。お前、相当に頭が悪いんじゃないのか」

石を投げたお新が、笑いながら言う。

「街道の真ん中で女人《にょにん》に悪さを仕掛ける者が、頭の良いはずもない」

竜之介も、辛辣《しんらつ》なことを言った。

「その方《ほう》ども、女人から手をはなせ」

「この野郎、山陽道にその名も轟《とどろ》く多胡八《たこはち》一家に、逆《さか》らおうってのかっ」

色黒男が喚《わめ》いた。

「ええい、面倒だ。やっちまえっ」

顎傷男が、腰の長脇差《ながどす》を引き抜いた。他の二人も、長脇差を抜く。

そして、三人が同時に、竜之介に襲いかかった。

が、たちまち、素手《すで》の若殿に叩きのめされしまう。

「お、覚えてろよ……」

顎傷男が捨て台詞《ぜりふ》を吐《は》いて、三人のやくざ者は長脇差を拾うと、這々《ほうほう》の体《てい》で逃げ去った。

「有難うございました」

女は、着物の乱れを直しながら、礼を言う。

「わたくし、北野《きたの》村の庄屋・治右衛門《じえもん》の娘で、玉と申します」

「そなたが、無事で何よりだ。わしは松平……いや、松浦《まつうら》竜之介という旅の浪人者。これは、相棒のお新だ」

「あいつらに絡《から》まれていたのは、なんか、事情があるみたいだね」

「はい」

すがりつくように、お玉は竜之介を見て、

「あの……松浦様。もし、よろしければ、わたくしの家にお泊まりいただけませんでしょうか」

四

「何イ。おかしな浪人者に、お玉を連れて来るのを邪魔されただとっ」

濁声《だみごえ》を上げたのは、でっぷりと太った中年男で、酔って顔が赤いせいか、茹《ゆ》で蛸《だこ》そっくりである。

そこは——明石藩代官所であった。

屋敷の居間《いま》で、厚化粧の酌婦《しやくふ》を侍《はべ》らせて、酒盛《さかも》りの最中であった。

茹で蛸そっくりな肥満体は、やくざの親分の多胡八である。

その隣が、代官の田所主水《たどころもんど》であった。

居間の隅で、手酌《てじやく》で飲んでいる中年の浪人者は、代官の用心棒を務める岩城十三郎《いわきじゆうざぶろう》だ。

次の間に平目《ひらめ》のように這《は》い蹲《つくば》っているのは、例のやくざ者三人である。

色黒男が源六《げんろく》で、出歯が亀吉《かめきち》。人徳は皆無だが、顎傷《あごきず》の男は徳松《とくまつ》という。

「この盆暗《ぼんくら》どもがっ、お代官様が、お玉をご所望《しよもう》だというのに」

多胡八が喚《わめ》くと、

「まあ、よい」

四十前の主水は、鷹揚《おうよう》に言う。

「父親の治右衛門が水牢《みずろう》に入れられておるのだから、お玉なぞ、いつでも手に入る」

「はあ」

「それよりも、多胡八。問題は年貢証文《ねんぐしょうもん》の方だ」

多胡八は、代官に酌をしながら、

「へい、そりゃもう。証文を書かねえなんてぬかす奴は、あっしらが叩きのめしてやりまさあ。へへへ」

「任せたぞ」と主水。

「もしも、その浪人者が邪魔するようなら……」

代官は、ちらっと十三郎の方を見た。

「――――」

十三郎は無言で、懐《ふところ》から短筒《たんづつ》を取り出した。火縄を必要としない燧石銃《すいせきじゅう》である。

その銃口を、庭へ向けた。

庭の柿の木には、熟《う》れすぎた柿《かき》の実が一個、ぶら下がっている。

十三郎が引金を絞《しぼ》ると、発射音が座敷に響き渡った。

「きゃっ」

酌婦たちは悲鳴を上げる。

柿の実は、ぱしっと破裂《はれつ》したように飛び散った。

「ひえぇ……そこから、あの柿まで、五間《けん》以上はありますぜ。凄《すげ》えやっ」

多胡八は、お世辞《せじ》でなく、驚いている。

「わははは」代官は上機嫌だ。

「短筒なら五間先の相手でも倒せるが、剣術では、そうはいかん。この岩城十三郎にかなう相手など、おらぬわ」

「――――」

賛辞《さんじ》を受けた十三郎は、気取った態度で、銃口の硝煙《しょうえん》を吹き飛ばした。

五

湯殿の窓から、白い湯気が夜の闇《やみ》へと流れてゆく。

北野村の庄屋屋敷——その湯殿の簀《す》の子《こ》に、松平竜之介は座りこんでいた。無論、裸体である。

白い肌襦袢《はだじゆばん》姿のお玉が、その広い背中を流していた。襷掛《たすきが》けで袖《そで》を上げて、裾《すそ》も上げた格好《かっこう》である。

「なるほど。理由もなく、いきなり年貢《ねんぐ》を三割増しとは、代官もひどいな」

「はい」お玉は頷《うなず》く。

「代官所に交渉《こうしょう》に行った父は、そのまま牢《ろう》に入れられてしまいました。しかも、腰まで浸《つ》かる水牢なんです」

それればかりか、まだ稲刈りの最中なのに、三割増しの年貢を払うという証文《しょうもん》を書かされるのだ。

それが米で払えなければ、百姓は、妻や娘を女衒《ぜげん》に売る以外に術《すべ》はなくなる。

「お代官の手先になっている多胡八一家の者が、無法にも百姓衆を痛めつけて……わたくしは、どうしたらよいのか……」

「安心するがよい。わしが力になって、必ず、そなたの父を助けよう」

「ほ、本当でございますかっ」

「うむ。わしは、女人《によにん》に嘘を言わぬ男だ」

竜之介は笑った。

「松浦様っ」

竜之介の背中に、お玉はかじりつく。

湯気で濡れた肌襦袢の上から、乳房や臀《しり》の割れ目の形が透《す》けて見えていた。

竜之介は、斜め後ろに上体をひねって、お玉の軀《からだ》を抱きかかえた。

そして、目を閉じた乙女の唇を吸おうとした時、脱衣所の戸が、がらりと開く音がする。

「竜之介様、オイラも入るよっ」

お新の声であった。

お玉は、ぱっと離れた。あわてて、身繕《みづくろ》いをする。

「お玉。今度、な」

真っ赤になったお玉は、それでも、こくりと頷いた。

お玉と入れ違いに、裸になったお新が、手拭《てぬぐ》いで前を隠して湯殿に入って来た。

「竜之介様……」

早速、胡座《あぐら》を掻《か》いた竜之介の股間《こかん》に、顔を伏《ふ》せる。

「ああ……竜之介様のこれは、いつ、しゃぶっても、美味《おい》しい……」

「お新。雑木林だけでは、物足りぬか」

竜之介は、からかう。

「うん。こんな助兵衛《すけべえ》な女にしたのは、竜之介様だから、いっぱい可愛がってね」

そう言って、座位をせがんだ。

竜之介は、お新を膝の上に跨《また》がらせる。

「深い……とっても深くまで、突かれてるよう……」

お新は、悦《よ》がりまくる。

(風魔一族を倒すも世の中のためならば、罪のない庄屋父娘《おやこ》を助けるのもまた、世のためだ。その悪代官一味には、破邪《はじゃ》の剣を振るわねばなるまい)

対面座位でお新を愛しながら、竜之介は、そう考えていた。

六

早朝の北野村の農道に、娘たちの悲鳴が上がった。

「いやァっ」

「やめてぇっ」

「触らないでっ」

多胡八一家の若い衆五人が、農作業に出る途中の三人の村娘に、落花狼藉を働いているのだった。

昨日の源六、亀吉、徳松の他に、伝次《でんじ》と伊之助《いのすけ》という奴もいる。

「へっへっへっ」

下品な笑い声は、伝次だ。

「おっぱいが、ふかふかじゃねえか」

「この柔《やわ》らかい臀《しり》の丸みが、たまらんなあ」

これは、伊之助だ。

胸元《むなもと》や裾前《すそまえ》がはだけて、乳房や臀の割れ目まで見えてしまう。

村人たちは遠巻きにして、おろおろと見ているばかりだ。

若い衆の脇で、多胡八は懐手《ふところで》で煙管《きせる》を吹かしながら、にたにたと嗤《わら》っている。

「多胡八親分っ、娘たちにひどい事はしねえでくだせえっ」

勇気を出して、村人の一人が言った。

「だったら素直に、お代官様へ年貢《ねんぐ》を払うという証文《しょうもん》を書くんだなあ」

「そんな無茶なっ」別の村人が言う。

「去年の三割増の年貢なんて……おらたちは日干《ひぼ》しになっちまうだっ」

「うるせえ、恩知らずどもっ」

多胡八は、煙管を掌《てのひら》に叩きつけて、火皿の煙草《たばこ》を落とした。

「てめえらが毎日毎日、呑気《のんき》に畑を耕《たがや》してられんのは、お代官様のおかげじゃねえか。その恩を忘れるような奴は、犬猫以下だぜ」

「……………」

村人たちは皆、下を向いてしまう。

どう言い返しても、乾分《こぶん》たちに乱暴されるに決まっているからだ。

「おい」

多胡八は、脇の乾分に顎《あご》をしゃくって、

「物わかりが良くなるように、もうちっと、娘っ子を可愛がってやれや」

「へいっ」

嬉しそうにお辞儀《じぎ》したのは、参太《さんた》という奴だ。

「それじゃ、あっしの自慢の黒大根で、往生《おうじょう》させてやりますよ」

農道の真ん中で、参太が下帯《したおび》を外《はず》そうとした時、

「待てっ」

村人たちの背後から、そう声をかけたのは、松平竜之介である。

その斜め後ろには、股旅《またたび》姿のお新と庄屋の娘のお玉が並んでいた。

人垣が自然と左右に割れて、道を開ける。

竜之介は前へ出て、多胡八と対峙《たいじ》した。

「これ、無法な真似《まね》はよせ」

「親分、こいつですぜ。昨日、あっしらを手籠《てごめ》にした浪人はっ」

徳松が叫んだ。

「たかが、喰《く》い詰《つ》め浪人と若造だ。一斉《いっせい》にかかって、息の根を止めてやれっ」

「おうっ！」

六人の乾分は、腰の長脇差《ながどす》を抜いた。徳松たち三人も、六人がかりなので、今度こそはと張り切っている。

「借りるぞ」

竜之介は、村人の一人が担《かつ》いでいた鍬《くわ》を、ひょいと手にした。

そして、斬《き》りかかって来た六人の右手首に、鍬の刃《は》の峰を叩きつける。

「ぎゃっ」

「げっ」

「わあっ」

男たちは長脇差を放り出して、喚《わめ》いた。手首の骨が砕《くだ》けたのだ。

その間に、お新とお玉は、襲われていた三人の娘を救ってやる。

「く、くそっ」

あわてて長脇差を抜こうとした多胡八だが、踏みこんだ竜之介が、鍬を一振りする。

鍬の刃で、まだ抜いていない多胡八の長脇差の柄《つか》が、鍔元《つばもと》から叩き折られた。

鞘《さや》と鍔だけが、腰に残る。

「ひゃあっ」

腰が抜けて、多胡八は、その場に座りこんでしまう。

竜之介は、その肉づきの良い頬《ほお》を、鍬の刃で撫《な》でて、

「庄屋の治右衛門は、無事か」

「へ、へい……代官所の水牢《みずろう》の中ですが、まだ、生きてるようで」

七

「いい……とっても、いいよう……」

代官所の寝間《ねま》に、艶《なま》めかしい声が流れている。

昨夜の酌婦《しゃくふ》の一人を、代官の田所主水が責めているのだった。

そのお菊《きく》という女は、騎乗位で突き上げられている。女は全裸だが、主水は肌襦袢《はだじゅばん》の前を開いての性交であった。

「ほれほれ、どうじゃ」

主水は、楽しそうに言う。

「年貢《ねんぐ》は取り放題、女は抱き放題、代官ほど気楽な商売はないのう。わははははは」

乱暴に突き上げられて、女は絶頂に達した。

それに合わせて、主水も射出する。

突然、境の襖《ふすま》が、どさっと手前に倒れた。そして、松平竜之介が土足で踏みこむ。

「な、何者だっ」

驚きのあまり、お菊は悲鳴も上げられず、裸のままで庭へ逃げ出した。

「わしか」と竜之介。

「わしは、非道無法が許せぬ漢《おとこ》だ」

代官は肌襦袢の前を開いたまま、廊下の方へ這《は》い逃げながら、

「十三郎、来てくれぇっ」

すると、廊下の向こう側に、岩城三十郎が登場した。右手を懐《ふところ》に突っこんでいる。

犬這いの主水を間に、廊下の手前と向こうで、竜之介と三十郎が対峙《たいじ》する。

(……此奴《こやつ》、抜刀《ばっとう》する素振《そぶ》りも見せぬが)

十三郎は無表情に、

「ここでは、狭い。庭へ降りてもらおうか」

二人は、庭へ降りた。

十三郎は、足袋裸足《たびはだし》のままだ。三間《けん》ほどの距離を置いて、二人は対峙する。

「そこの地面を見ろ」と十三郎。

「ばらばらになった柿《かき》の実が、散らばってるだろう」

「それが、どうした」

「俺がやったのさ、これでな」

十三郎は、懐から燧石銃を抜いた。銃口《じゅうこう》を竜之介に向ける。

「む……」

竜之介は半身《はんみ》になった。相手に向けている面積を、少なくしたのである。

「座敷からあの柿を撃ったから、距離は五間くらい。今は、三間くらいだな」

竜之介の額《ひたい》に、じわりと汗が滲《にじ》み出る。それほどの腕前であれば、かわすのは難しいだろう。

「お前さんは柿の実より、何倍も大きい。だから、俺の腕では外《はず》しっこないんだ。わかったか」

「……」

右の袂《たもと》の中で、竜之介の指が何かに触《ふ》れた。

「さあ、抜いて見ろ。刀を抜かないままで撃ち殺されたら、肩身が狭いだろう。ふふふ」

「――いや」

竜之介は半身をやめて、十三郎と正面で向かい合った。

「貴公が飛び道具を使うのならば、我が泰山流《たいざん》の秘技、左手遠当《さしゅとおあて》の術でお相手しよう」

「何だとっ」

左腕を伸ばして、竜之介は、掌《てのひら》を十三郎に向けた。これは、賭《か》けである。

「この掌から気を放って、貴公を気絶させてみせる」

「ふざけるなっ」

怒気《どき》を露《あら》わにして、十三郎は、燧石銃を構えた右腕を真《ま》っ直《す》ぐに伸ばす。

「柿の実と同じに、頭を吹っ飛ばしてやる」

「よいか。白い光の玉が飛び出すぞ、見るがいい」

そう言われて、十三郎の視線が、竜之介の左の掌に移る――その瞬間、十三郎の左眼に何かがめり込んだ。

「ぎゃっ」

悲鳴を上げた十三郎は、銃を暴発させてしまう。

同時に、竜之介は突進していた。間合を一気に縮めて、抜き打ちで相手の右肩に大刀《だいとう》の峰を叩きこむ。

「があっ」

尺骨《しやつこつ》と鎖骨《さ》を粉々《こなごな》に砕《くだ》かれて、十三郎は臀餅《しりもち》をついた。

その脳天に、竜之介は、刀の峰を振り下ろした。十三郎は、脳震盪《のうしんとう》を起こして気を失う。

「やれやれ、危なかったな」

竜之介は、昨日、雑木林で拾った椎の実を、何気なく袂に入れていた。それで、命を救われたのである。

左の掌に相手の意識を集中させて、その隙《すき》に、右手の中に握りこんでいた椎の実を、親指で弾《はじ》き出したのであった。

それが、十三郎の左眼に命中したのである。

少林寺拳法《しようりんじけんぽう》でいうところの〈指弾《しだん》〉で、達人となると、二十歩離れたところの雀《すずめ》の目を撃ち抜くという。

その話を泰山流の道場仲間に聞いて、興味を持った竜之介は、半年ほど熱中したことがあった。その時に習得した業《わざ》に、今日は救われたのである。

「……………」

田所主水は、十三郎の敗北を見て、茫然自失《ぼうぜんじしつ》の有様であった。

燧石銃を拾った竜之介は、それを沓脱石《くつぬぎいし》に叩きつけて壊《こわ》してから、

「代官。百姓は国の柱ではないか。領民と苦楽をともにすべき代官が、その柱を斬り倒すような真似《まね》をして、何とするぞ」

「むむ……」

「さあ、庄屋の冶右衛門を、牢《ろう》から出してもらおう」

「ひっ」

主水は庭に飛び降りて、裸足のまま、裏木戸の方へ走った。

が、その裏木戸が突如《とつじょ》、開いた。そして、五人の武士が、飛びこんで来る。

「代官の田所主水だな。明石藩目付《めつけ》の板垣新兵衛《いたがきしんべえ》だ」

先頭の武士が言った。

「年貢米の不正徴収《ちょうしゅう》と藩費使いこみの疑いで、その方を捕縛《ほばく》するっ」

「嘘だ、それは誤解だっ」

「見苦しい、尋常《じんじょう》に縛《ばく》につけ」

下役《したやく》たちが無理矢理に、主水に縄をかけてしまう。

「少し待ってくれ」竜之介が声をかけた。

「捕縛して連行するのは良いが、その前に、咎《とが》なく水牢に入れられている庄屋の冶右衛門を出してやってもらいたい。牢の鍵《かぎ》は、どこかな」

「黙れっ」板垣新兵衛は怒鳴《どな》りつけた。

「素浪人《すろうにん》の分際《ぶんざい》で、いらざる口出しをするな。貴様も、代官の一味かっ」

「いや。それはとんだ誤解というもの……」

「うるさい、此奴《こやつ》も縛《しば》ってしまえっ」

下役たちが向かってこようとした時、竜之介は溜息《ためいき》をついて、

「仕方がないな。板垣殿、こちらへ」

母屋《おもや》の蔭《かげ》に入る。

「図々《ずうずう》しい、何だっ」

頭から湯気が立ちそうなほど怒って、板垣が近づいて来た。

「すまぬが、これを見てくれ」

帯の黒扇子《くろせんす》を抜いて、金色の三葉葵《みつばあおい》を見せてやる。

「――――」

板垣は、きょとんとした顔で、黒扇と竜之介の顔を交互に見た。

そして、はっと顔色を変えると、あわてて土下座《どげざ》しようとする。

「待った、それはいかん」

竜之介は、相手の腕をとって止めた。

「わしは将軍家代人の松平竜之介。役目で旅をしておるが、明石藩の藩政に嘴《くちばし》をはさむつもりは微塵《みじん》もない」

「……竜之介様。それは、まことで」

救われたように、板垣は目を輝かせる。

「まことじゃ。ただ、代官とやくざ一家が処罰されて、年貢が公平に決められれば良い。それと、庄屋を解放してくれれば、わしは黙って旅を続ける」

「承知致しました。その儀《ぎ》は必ず、拙者《せっしゃ》が責任を持ちまして」

板垣は、米搗《こめつ》き飛蝗《ばった》のように何度も頭を下げる。それから、下役の方を向いて、

「おい。水牢に入っている者を出してやれ、今、すぐにだっ」

八

その夜——庄屋の解放と年貢《ねんぐ》の公正 徴収《ちょうしゅう》を祝って、北野村では、お祝いの村祭りが開かれた。

村の広場の真ん中に櫓《やぐら》が組まれ、その上で大太鼓《おおだいこ》が打ち鳴らされている。

櫓の前では、新米の米俵《こめだわら》が山なりに積み上げられていた。

村人たちは櫓を囲んで、楽しそうに豊作の踊りをおどっていた。

村役の席では、招待された板垣新兵衛が、後家《ごけ》のお杉《すぎ》に酌《しゃく》をされて、満更《まんざら》でもない表情である。

その隣には、無事に生還した庄屋の治右衛門が座っていた。

いなせな股旅《またたび》姿で踊っていたお新は、ふと気づいて、

「あれ、竜之介様はどこだ」

きょろきょろと、周囲を見まわした。


その竜之介は、広場近くの林の奥にいた。

お玉が木の幹に背中を預けて、竜之介に抱かれている。

竜之介は、お玉の左足をかかえ上げて、長大な剛根を処女華に挿入していた。

湯殿でのお玉との約束を、今、果たしているのだった。

二人とも着衣のままの交《まじ》わりである。

「まだ痛むか」

「いえ……もう、さほどは」

蚊《か》の鳴くような声で、お玉は、羞《はず》かしそうに答える。

「では、動くぞ」

「はい……」

竜之介は、ゆるやかに腰を使い始めた。

しばらくすると——お玉は元から性感が豊かなのか、早くも女悦《にょえつ》を感じてきたようであった。

「ああ……竜之介様ァ、蕩《とろ》けてしまう……っ」

「よし、よし」

櫓太鼓の響きに合わせて、竜之介は腰を動かす。

それに応じて、お玉の唇からも歓《よろこ》びの喘《あえ》ぎが流れ出た。

風魔一族と薩摩七十三万石《ごく》——巨大すぎる敵を向こうにまわして闘《たたか》う松平竜之介の、つかの間の休息の時であった。

第十章　淫夢《いんむ》の刺客《しかく》

一

明石《あかし》藩八万石《ごく》の城下の先は、山陽道《さんようどう》も人家がまばらになる。
穏《おだ》やかな日射《ひざ》しの秋の昼下がり、両側を木立《こだち》に覆《おお》われた街道に、人影は少ない。
古い辻堂《つじどう》の近くの道端《みちばた》に、腰を下ろしている老爺《ろうや》がいた。
自分の両膝を抱きかかえるようにして背を丸め、顔を伏《ふ》せている。
農家の隠居《いんきょ》のような身形《みなり》だが、首から真紅《しんく》の襟巻《えりまき》を垂《た》らしていた。
そこへ、旅姿の女が、東の方からやって来た。
婀娜《あだ》っぽい年増《としま》で、その腰つきが男の視線を集めずにはおかないという美女である。
その女は、蹲《うずくま》っている老爺を見て、

「おや、お爺さん。具合でも悪いの」

「へい……」

老爺は、ひょいと顔を上げた。その顔に、奇妙なものを装着《そうちゃく》している。長方形の薄い板に、一文字の隙間《すきま》を空けたものだ。その板の両端に紐《ひも》をつけて、それを耳に引っかけている。

極北の民族が、雪の反射光から目を保護するために使用する〈雪眼鏡《ゆきめがね》〉であった。

その隙間の奥で、老爺――猿眠《さるねぶり》の鈍左《どんざ》の両眼が、不気味《ぶきみ》に光っている。

「ああ……？」

くらりと目眩《めまい》がしたように、女は、その場に倒れこんでしまった。


辻堂の内部は狭く、せいぜい四畳《じょう》半ほどの広さであった。

壁板を背にして、鈍左は胡座《あぐら》を掻《か》いている。今は、雪眼鏡は外《はず》していた。

彼の前に、魂《たましい》が抜けたようなぼんやりした顔で、先ほどの女が突っ立っている。

「名は」

鈍左が尋《たず》ねた。

「お蓑《みの》です」

女は、抑揚《よくよう》のない声で答える。

「何用あって、旅をしていたのだ」

「あたしは、明石の口入《くちい》れ屋の後家《ごけ》で女主人なんですが、長患《ながわずら》いをしていた親戚《しんせき》が、ようやく本復《ほんぷく》して床上《とこあ》げのお祝いをするというので、姫路《ひめじ》へ行くところなんです」

何の隠し立てもせずに、女は答えた。

「よし。お蓑とやら、着物を脱いで裸になるのじゃ」

「はい……」

お蓑は、のろのろと帯を解《ほど》いて、裸になる。

肌は白く巨乳で、恥毛《ちもう》も黒々と豊かだ。

亀裂《きれつ》は、臙脂《えんじ》色をしている。臀《しり》の肉づきは、見事としか表現のしようがない。

「ふっふっふ……」

鈍左は、愉快そうに笑った。

「風魔五忍《ふうまごにん》衆が一忍《いちにん》、猿眠の鈍左様の夢幻眼《むげんがん》にかかれば、誰でも操《あやつ》り人形同然じゃ」

お蓑の前に、鈍左は右足を前に投げ出して、

「舐《な》めろ。しゃぶって、浄《きよ》めよ」

「………」

お蓑は、土下座《どげざ》するように床板《ゆかいた》に蹲《うずくま》る。

そして、鈍左の足指に唇をつけて、舌先を這《は》わせた。

「ふふん」

色っぽい年増を自由に操って、鈍左は御機嫌《ごきげん》であった。

が、ふと、その顔が曇る。

「だが……これほどの術でも、鍛《きた》え抜いた兵法者《ひょうほうしゃ》だけには、効かぬ。我が頭領乱《とうりょうらん》四郎《しろう》様にも、松平竜之介《まつだいらたつのすけ》にもな……」

ぷりぷりと臀の双丘《そうきゅう》を振りながら、お蓑は、無心に淫《みだ》らな舌の奉仕《ほうし》を続けている。

「だから」

鈍左は、くわっと両眼を見開いた。

「竜之介を倒すには、この一手じゃっ」

二

しばらくして――明石の方からやって来たのは、着流し姿の松平竜之介と股旅《またたび》姿のお新《しん》である。

道端《みちばた》の大木の根元で、女が、横座りになっている。お蓑であった。

その前に空駕籠《からかご》を置いて、駕籠舁《か》きたちが、女を無理矢理に乗せようとしていた。

「やめてっ、離してくださいっ」

女は抵抗している。

「いいから乗りな」

「後で、俺たちが乗ってやるからよう」

「うひひひ」

後棒と先棒が、下品な冗談を言う。

冗談ではないかも知れないので、余計に問題であった。

「竜之介様っ、あいつらっ」

お新の指摘《してき》に、

「うむ」

頷《うなず》いた竜之介は、つかつかと駕籠舁きに近づいた。

先棒の肩を後ろからつかんで、「お？」と振り向く間も与えずに、犬ころ投げに脇へ放り出す。

「わっ」

先棒は、鞠《まり》のように転がってしまった。

「何しやがる、この野郎っ」

相方《あいかた》がやられたのを見て、後棒が、息杖《いきづえ》で打ちかかった。

竜之介は、あっさりと息杖をかわして、目にも止まらぬ居合《いあ》い抜き。

お新の目には、きらり、と白刃が光るのが見えただけだ。

「……？」

駕籠舁きたちは、何が起きたのか、わからずに、ぽかんとしている。

その瞬間、地面に置かれた空駕籠が、真《ま》っ二《ぷた》つになって、左右に転がった。

「ひえぇ～～っ」

駕籠舁きたちは、あわてて逃げ出す。

「お姉さん、大丈夫？」

「は、はい……」お蓑は頭を下げて、

「ですが、持病の癪《しゃく》が……」

その額《ひたい》が、冷たい汗で濡《ぬ》れていた。しかも、その瞳に色がなく、夢現《ゆめうつつ》の状態である。

「しまった。それなら、この駕籠を斬《き》るのではなかったな」

竜之介は、大刀《だいとう》を鞘《さや》に納めた。

「お新。すまぬが、近くの宿場か立場《たてば》までひとっ走りして、医者を呼んできてくれぬか」

「はいっ」

返事をするが早いか、お新は、ぱっと走り出す。

「あ、あの……」

「何かな」

お蓑は、遠慮がちに、

「ここでは、人目がありすぎて、羞《はず》かしゅうございます……」

「そうだな」竜之介は、頷いた。

「では、その繁みの蔭《かげ》で休むか」

街道からは見えぬ繁みの蔭、大木の下に、お蓑は横たわっている。

その脇に、竜之介は片膝をついていた。

「ご浪人様……さすっていただけますか」

「うむ、ここか」

女のくつろげた胸元《むなもと》から、竜之介は、腹部に右手を差し入れる。

何の淫心《みだらごころ》も邪心《じゃしん》もないので、ごく自然な態度であった。

そして、なめらかな下腹《かふく》を撫《な》でてやる。

「ああァ……楽になって参りました……」

お蓑は裾前《すそまえ》を乱して、悶《もだ》える。

「何だか、妙な気分に……」

「もう、よいのだな」

竜之介は、右手を抜こうとする。と、お蓑は、両手で男の右手を握りしめて、

「駄目《だめ》ぇ……今度は、こっちをさすってぇ」

乱れた裾前から、自分の股間《こかん》に滑《すべ》りこませる。

その部分は、熱く濡れそぼっていた。

「おいおい……困ったな、これは」

「うふん、たまんないわァ」

お蓑は、さらに激しく悶える。

「ねえ、抱いて……あそこの中から男の人のもので暖《あたた》めてくれたら、私は良くなるの」

「本当か」竜之介は顔をしかめた。

「……仕方あるまい、これも人助けだ」

三

全裸のお蓑と着衣のままの若殿が、正常位で交《まじ》わっている。

「あはっ…巨《おお》きい……喉《のど》まで突き上げられてるみたいっ」

お蓑は甘い悲鳴《ひめい》を上げた。

そばに、彼女が脱ぎ捨てた衣類や帯、小さな鏡袋がある。竜之介の大刀《だいとう》や脇差《どす》もだ。

竜之介の背中に木漏《こも》れ日《び》が落ちて、光と影の斑《まだら》模様を描いていた。

(むっ)

交わりながらも、竜之介は、気配に気づいた。

(人の気配……殺気だ。木の上か)

竜之介は、そろそろと鏡袋の方へ手を伸ばす。

その木の上には――海老茶《えびちゃ》色の忍び装束《しょうぞく》を着た鈍左が、潜《ひそ》んでいた。

すでに、忍び刀を逆手《さかて》に構えている。

「し、死ぬぅうっ」

お蓑が喜悦《きえつ》の叫びを上げた。

(今じゃっ)

鈍左は、忍び刀の切っ先を真下に向けて、木の上から飛び降りる。

竜之介は、鏡袋から小さな懐中鏡《ふところかがみ》を取り出して、鈍左に向けた。それは、ギヤマンに水銀をひいた南蛮《なんばん》鏡であった。

鏡面に木漏れ日が反射して、

「うっ、眩《まぶ》しいっ」

鈍左は、目を閉じてしまう。

その隙《すき》に、竜之介は合体したまま、お蓑を抱きしめて、ごろごろと横へ転がった。

空中で態勢を崩《くず》した鈍左は、二人が交わっていた場所に着地した。

忍び刀の切っ先が、地面に深々と突き刺さる。

竜之介は、お蓑から離れると、素早く大刀をつかんで立ち上がる。

「あら?」

お蓑は、結合したままの横転による激しい摩擦《まさつ》のためか、幻術《げんじゅつ》から醒《さ》めていた。

「あたし、裸で何をしてたのかしら……」

「くそっ」鈍左は罵声《ばせい》を上げる。

「男女の交わりの最中にも、気を抜かぬとはっ」

「その装束……風魔一族だな」

「いかにも。風魔五忍衆が一忍、猿眠の鈍左と知れっ」

「貴様、幻術使いか。何の関《かか》わりもない女人《にょにん》を術で操《あやつ》り、わしを殺すための餌《えさ》にするとは、卑怯千万《ひきょうせんばん》。許せぬっ」

「馬鹿め。忍者に卑怯の二文字はないわっ」

そう叫びながら、鈍左は、星形の風魔手裏剣《しゅりけん》を続けざまに打つ。

手裏剣は、竜之介に向かってではなく、全裸のお蓑の方へ飛んだ。

「きゃっ」

お蓑が悲鳴《ひめい》を上げる。

だが、竜之介は、苦もなくそれらを叩き落とした。

その隙に、鈍左は忍び刀で突きかかる。竜之介が女を庇《かば》うことを承知での策であった。

が、竜之介の迅《はや》さは、鈍左の予想を越えていた。

振り向き様《ざま》に、突っこんで来た鈍左めがけて、刃《やいば》を振り下ろす。

「ひえっ」

忍び装束の肩を斬られた鈍左は、ぱっと木の上に飛び上がった。

「貴様は強い、強すぎる……だが、必ず、その命は貰《もら》うぞっ」

「風魔乱四郎に伝えよ」と竜之介。

「非道を働く者は、この松平竜之介が許さぬ――と」

「けっ、虫酸《むしず》が走るわ」

鈍左は唇を歪《ゆが》める。

「覚えておれっ」

そして、木から木へと本物の猿のように飛び移りながら、鈍左は去った。

「奇怪《きかい》な奴……」

竜之介は、大刀を鞘《さや》に納める。

と、その腰に抱きついたのは、全裸のお蓑であった。

「ああん、ご浪人様、怖かったわァ」

「これ、気を鎮《しず》めるのだ」

「駄目、あたしは何かしゃぶらないと、落ち着かないのっ」

そう言って、お蓑は、竜之介の股間《こかん》に顔をもぐりこませた。

そして、濡れた男根を咥《くわ》える。

「ああ、美味《おい》しい。日《ひ》の本《もと》一の美味しさだわ、この立派なお道具」


「先生、急いでっ」

街道を、医者の手を引っ張って走っているのは、渡世人姿のお新だ。

「女の人が苦しんでいるんだから、早くっ」

小太りの初老の医者は、喘《あえ》ぎながら、

「待ってくれ、ひいひい」

例の木の下で、全裸のお蓑が、竜之介の腰の上に跨《また》がっていた。

「もっと……もっとォっ」

豊かな臀《しり》を打ち振って、お蓑は貪欲《どんよく》に快楽を求める。

「突いて…でっかくてぶっといもので……あそこを突き上げてぇぇっ」

お蓑は、半狂乱の状態だ。

「ううむ……人助けも大変だな」

乱れ狂う女人を眺めながら、しかし、松平竜之介の心は、迫り来る風魔乱四郎との死闘の予感に、血が燃え滾《たぎ》るようであった。

あとがき

お待たせしました。『若殿はつらいよ』シリーズの第五巻です。今回も、完全書き下ろし版です。

ちなみに、大坂城の描写ですが、色々と脚色をしております。まあ、八代将軍吉宗が活躍する『暴れん坊将軍』の江戸城と同じようなものと、ご理解ください(笑)。

参考のために、五味《ごみ》康祐《やすすけ》・原作、市川《いちかわ》雷蔵《らいぞう》・主演の大映映画『陽気な殿様』のDVDソフトを購入しました。

森一生《もりかずお》監督の演出も好調、巨大な廃船の脇でのチャンバラも面白く、何よりも雷蔵さんの明朗快活なキャラクターが素晴らしい。勉強になりました。

いよいよ、松平竜之介が風魔《ふうま》乱四郎《らんしろう》と雌雄《しゆう》を決する第六巻は、来年一月に刊行の予定です。よろしく、お願いします。

二〇一七年九月

鳴海　丈

コスミック・時代文庫

若殿《わかとの》はつらいよ
妖乱風魔一族篇

【著 者】
鳴海《なるみ》 丈《たけし》

【発行者】
杉原葉子

【発 行】
株式会社コスミック出版
〒154-0002 東京都世田谷区下馬 6-15-4
代表 TEL.03(5432)7081
営業 TEL.03(5432)7084
FAX.03(5432)7088
編集 TEL.03(5432)7086
FAX.03(5432)7090

【ホームページ】
http://www.cosmicpub.com/

【振替口座】
00110-8-611382

【印刷／製本】
中央精版印刷株式会社

乱丁・落丁本は、小社へ直接お送り下さい。郵送料小社負担にて
お取り替え致します。定価はカバーに表示してあります。

© 2017 Takeshi Narumi